DÉCRETS

DES SENS

SANCTIONNÉS PAR LA VOLUPTÉ.

Décrets des Sens *Frontispice*

DÉCRETS DES SENS

SANCTIONNÉS PAR LA VOLUPTÉ.

OUVRAGE NOUVEAU.

ENRICHI DE GRAVURES ANGLAISE.

A ROME,
De l'Imprimerie du SAINT PERE.

M. DCC. LXXXXIII.

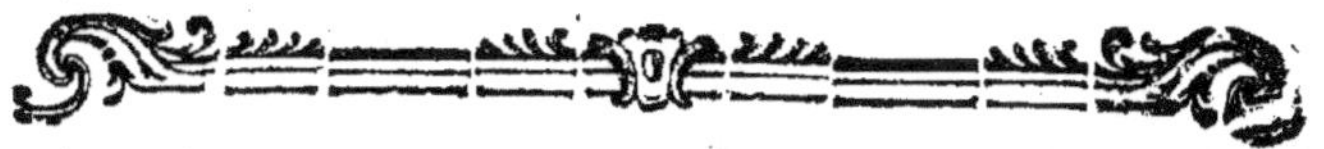

DÉCRETS DES SENS

SANCTIONNÉS PAR LA VOLUPTÉ.

LE DÉPUTÉ CINIQUE

OU

LA DAME LE ... FOUTUE EN RÊVE.

CHACUN dans ce monde s'occupe à sa manière, tandis que la France divisée par deux puissantes factions, flotte dans l'incertitude, ou d'une meilleure destinée, ou d'un accroissement de troubles, les plaisirs ne perdent jamais leurs droits; leur empire est toujours le même, et le feu des guerres civiles qui s'allume au quatre coins de ce royaume, jadis si florissant, cause moins de violens effets, que celui dont l'amour embrâse les cœurs et les sens français. Nul être ne peut se soustraire à sa domination, et nos graves législateurs eux-mêmes, blancs ou noirs, ne se reposent des fatigues qu'ils essuyent en parcourant le dédale obscur où ils marchent en aveugles, que dans les bras de la prostitution, et en épuisant toutes les ressources de la lubricité.

Couchés sur les tétons d'une Laïs de la rue Saint-Honoré, tout aussi nue que l'étoit Vénus sortant du sein des eaux, c'est-là qu'ils oublient l'esprit de parti, pour viser au même but. La plus délicieuse des jouissances excite en eux les desirs ; cuisses rondes et blanches, ventre ferme et poli, gorge d'albâtre, motte velue, grassouillette et abondamment fournie, conin vermeil dont les lèvres retroussées sont les symboles les plus parfaits d'une rose qui commence à s'épanouir, voilà les écueils où ces sénateurs voyent journellement échouer leur orgueil.

Osez me démentir, courtisannes renommées de la capitale, osez nier le partage que vous faites avec les députés de la France, des émolumens que leur accorde la nation. Brocardés, chansonnés par les feuillistes; ces dignes représentans, tour-à-tour loués et blâmés, n'ont encore entendu raisonner que sur leurs opérations aristocratiques ou démocratiques, et les mystères qu'ils ont consommés avec vous, ont été ensevelis dans la nuit du silence; ce sont cés mystères que j'entreprends de dévoiler; que Gorsas, Clément, Audouin et Marat s'exercent à démontrer leurs erreurs et leurs inepties, moi je ne veux m'occuper que de leurs fredaines lubriques. Foutre, voilà ma morale et ma politique; palper les fesses de ma divinité, voilà l'unique occupation à laquelle je veux me livrer; dévorer de baisers lascifs et brûlans les charmes secrets de ma déitée; mourir entre ses bras de l'ivresse du plaisir; sentir ranimer en moi l'ardeur de mon membre viril, par six coups de cul vigoureux; le plonger avec fureur dans le canal de la volupté; le retirer pour l'y enfoncer de nouveau; l'innonder d'un torrent de foutre; le faire bouillonner dans cette source féconde où mes desirs se concentrent; voilà mes délices. Osez me blâmer, froids et glacés raisonneurs, traités d'infâmes obscénités mes peintures chaudes et passionnées, tous vos argumens ridicules ne valent pas un des soupirs convulsifs qui s'exalent de ma poitrine brûlante sur le beau corps de la tendre amie de mon cœur; et j'aime beaucoup mieux, quoi que vous en puissiez dire, occuper ma plume à tracer énergiquement les effets d'un ardent délire, que d'innonder la capitale de brochures incendiaires; j'emflammerai les sens, mais je ne troublerai pas les têtes. En me lisant, les sectateurs passionnés s'empresseront moins de courir à la révolte qu'au cul de leurs maîtresses. Ils répandront avec profusion cette liqueur spermatique, ce foutre vivifiant, le principe de notre être, et ils ménageront le sang de leurs freres concitoyens. Croissez et multipliez, nous a dit, dans un moment de bonne humeur, le Dieu de toutes les nations; je remplis donc les vues de la providence, en en décrivant les moyens. Foutez donc, foutez à triples mesures, braves révolutionnaires, mais ne vous égorgez pas pour l'aristocratie, et moins encore pour la démocratie; bannissez de vos foyers les horreurs de la guerre, et que des Priapes de bonne constitution soient maintenant vos seules armes; braquez-les sur des cons dispos, ce sont là les citadelles et les bastions que vous devez attaquer ; d'une main libertine parcourez-en les frontières, construisez des individus, au lieu d'en détruire, et le Ciel, le juste Ciel, bénira vos travaux, le Dieu des fouteurs, du haut de l'Olympe, secoura sur vous sa pine ineffable, il vous couvrira de la divine rosée, son abondante décharge facilitera les vôtres, et vous jouirez de l'effet précieux de ces paroles angéliques: *Pax te cum.*

Charmantes courtisannes, Duthé, Colombe, d'Argens, Contat, Delaunay, Blondi, Marie - Antoinette, Polignac et autres, ô vous, à qui je consacre mes productions, daignez sourire à mes tableaux !

D'une main perfide l'infâme calomnie osa tracer la censure de nos actions, vous traiter de tribades, de catins, de prostituées et d'adultères ; ses infâmes ministres ont essayé d'attirer sur vous l'horreur des peuples ; mais consolez-vous, les monstres ne bandaient pas ; la rage de tenir entre leurs mains un vit impuissant, de le branler vainement sans jouir de la délicieuse faveur de l'érection, a corrompu leurs sens et aigri leurs transports. Ah ! si, comme la mienne, leur pine molasse eût orgueilleusement levé la tête, si leurs couilles enflammées leur eussent fait pressentir, par d'agréables picotemens, que rien ne pouvait être comparable au bonheur de foutre, loin de lancer sur vous l'infect venin de la satyre, ils eussent préconisés vos cons charmans, ils les eussent regardés comme autant d'idoles dignes de leurs hommages, et les bougres y eussent sacrifié.

C'est ainsi que pensait Socrate, ce sage philosophe; tout en guidant les Athéniens dans le chemin de la sagesse et de la félicité, il foutait en cul le jeune et galant Alcibiade; il prêchait l'exemple avec cet aimable guerrier, il lui insinuait sa doctrine par l'anus; mais quoique ce fut-là sa méthode favorite, il était bien éloigné de blâmer celle de son disciple. A son tour celui-ci branlait le clitoris de Glicere, jeune et jolie bouquetière Athénienne, dont la croupe mobile, les fesses enchanteresses, les tétons palpitans étaient dignes des adorations de toute la Grèce. Après ces importantes occupations, nos philosophes s'asseyaient en plein sénat, et y dictaient les loix les plus sages. C'est ainsi que font nos députés. Ont-ils tort? ma foi non ; car qu'est-ce qu'un législateur ? C'est un homme ; or donc, un législateur peut foutre comme un autre ; c'est par cet argument sans réplique que j'entre en matière.

Le député . . . . . (1), au retour d'une séance pénible où il avait soutenu vigoureusement les droits du monarque français contre les principes empoisonnés des Barnaves et Mirabeau, s'endormit dans son cabinet en réfléchissant aux contradictions qu'il venait d'essuyer. Les réparties amères de Mirabeau, non celui dont la panse énorme est l'emblême d'une futaille, mais de Mirabeau le roué, avaient excité son dépit et allumé sa colere. Mille idées sinistres lui passaient par la tête, ne respirant que sang et que vengeance ; les songes les plus fâcheux aliénaient son imagination, quand le Dieu de la fouterie lui-même prenant pitié de son délire, voulant terminer le trouble de ses sens et les agiter plus agréablement, lui apparut

(1) Surnommé . . . ., jadis patriote zélé, maintenant Monarchien, et antagoniste des Jacobistes, dont la tête est une girouette tournant à tout vent.

pendant son sommeil et lui tint ce langage :

Insensé, connais toute ta démence, et le ridicule de ton orgueil; tu médites d'égorger ton semblable, ou d'en être toi-même la victime, toi qui dans tous les tems consacras tes jours au plaisir, ta folie me touche, et je viens à ton secours. Si Mirabeau le roué t'a vaincu par ses puissans axiômes, tu peux à ton tour le terrasser en fouterie, et je veux bien t'avouer que tu n'auras pas grande peine, car s'il se montre à la tribune un athelète redoutable, c'est un piètre sire sur le ventre de sa déesse, ce n'est ordinairement que par les secousses d'un poignet vigoureux, que son vit lâche, faible et mou, donne quelques signes d'existence; et la gloriole d'une fouteuse lubrique et insatiable est le seul motif qui retient sa bien-aimée attachée à son haut-de-chausses; ce n'est pas pour rien que je t'ai doué d'un vit que j'ai pris plaisir à modeler sur le mien. Voici le moment de la vengeance; écoute :

Sur la place du Carrouzel existe une courtisanne fringante, alerte et sensuelle; le bon homme Lafontaine sert d'enseigne au magazin d'esprit qu'elle possède relié en veau et en brochures, sans qu'il en existe une parcelle dans sa tête. Md. . . . . est son nom. Cette fouteuse infatigable, après avoir triplé les cornes que porte son débonnaire et pacifique cocu d'époux, ajoute maintenant à sa célébrité en foutant avec Mirabeau; oui, c'est dans le con de cette fougueuse Messaline, que le coquin pompe les documens dont il appuie les décrets que sa cabale prononce; mais ne crois pas qu'il soit le seul, Foucault, Rabaud-de-Saint-Etienne, ont eu leur part de ses caresses; aristocrates, démocrates, noirs, blancs, tout a foutu cette catin, et si jamais ses entrailles impures venaient à féconder; le monstre qu'elle enfanterait serait à-coup-sûr un composé d'horreurs. Ajoute ton nom et tes exploits à la liste nombreuse des amans de cette louve charnolle, c'est en la foutant que tu peux te venger de ton rival; viens, son con brûlant est disposé à te recevoir. Je vais t'y introduire.

Alors, le député . . . . . se sentit enlever par le dieu des jardins et poser à califourchon sur le vit prodigieux que ce divin patron des fouteurs portoit à sa ceinture. Priape lui ordonna de se saisir des poils qui ombrageaient sa cheville, pour se tenir en sûreté; et dans cette situation, faisant traverser les airs à son protégé, il l'introduisit dans la chambre à coucher de la dame . . . . ., qui dans ce moment, méditant sur les plaisirs de l'amour, avait retroussé sa jupe et sa chemise, et se branlait délicieusement.

C'est ainsi que tu honore mon culte, dit le Dieu de la fouterie, en posant à terre le député Bouche. Eh! quoi, tu t'amuses à te branler comme une coquine, tandis que ton mari ronfle dans son galetas, et que Mirabeau, ton farfadet, heurle à l'assemblée nationale. N'est-il donc pas d'autres vits que celui de ce lâche député, pour assouvir tes sens et ta luxure; mais je lis dans ta pensée et préviens ta réponse. Je sais que Mirabeau ne te fout qu'en bande-à-l'aise; que ses couilles flasques et épuisées ne t'arrosent qu'avec peine de cette essence prolifique dont les parvis de ton con sont à peine humectés. Eh bien! donne lui un substitut. Voici un Hercule que je te présente. Foutez et refoutez ensemble, noyez-vous tous les deux dans des torrens de foutre, je vais renouveler vos forces et votre ardeur, en achevant ces mots, Priape souffla sur la dame ..... et sur le député ......, et disparut à leurs yeux.

Un songe aussi flatteur avait irrité les sens lascifs du député ; continuant donc à errer dans son imagination lubrique, il rêva qu'il s'approchoit de la prostituée de Mirabeau le roué ; qu'il couvrait son sein de baisers ; qu'il pressait entre ses mains les tétons de cette infante ; qu'il lui maniait la motte ; qu'il entrouvrait les lèvres vermeilles de son conin ; et qu'en même tems qu'il lui glissait la langue dans la bouche, il lui introduisait le vit dans le con. Qu'à son tour, la dame ....., en proie aux fureurs amoureuses, le serrait entre ses bras, remuait le croupion avec mobilité, le mordait avec yvresse, et se tortillait en mille replis.

Echauffé par l'image de cette fouterie voluptueuse, qu'avait fait le député .....! pendant son sommeil? ce qu'il avoit fait? belle demande. Il avait fait ce que j'ai fait moi-même mainte fois, quand le Dieu des chimères m'envoya en songe un con à foutre : il avait déboutonné ses gregues, et de ses cinq doigts, formant un con artificiel, il avait empoigné son vit bandant en enragé, et s'était branlé en l'honneur des appas de madame . . . . . , qu'il croyait foutre réellement. Les approches du plaisir interrompirent son sommeil, et le paillard député ouvrit les yeux au moment où le foutre s'élançant avec ardeur de sa verge alla se fixer sur les meubles voisins et sur le parquet de son appartement.

Revenu de cet état d'enchantement, il disserta sur les délices de la masturbation, et cessa de s'étonner que les Jésuites, en enculant leurs élèves, leur aient appris à se branler. De réflexions en réflexions, il r'empoigna son outil encore ferme et disposé à une nouvelle secousse, et foutit encore, sans courir des risques trop ordinaires, une nouvelle beauté, que son imagination lui peignait. Heureux passe-tems, combien de fois vous m'avez été favorable.

Eh quoi! se branler, dira-t-on? Eh! pourquoi pas. C'est de cette manière qu'un célibataire Epicurien fout toute la terre sans en avoir la réputation; c'est de cette façon que j'ai foutu la reine de France, les dames de la cour, les courtisannes, qui vendent leurs coups de cul au poids de l'or, et que

j'ai

j'ai fait cocu la majeure partie de mes voisins. Si j'apperçois une femme aimable, dont la gorge ferme, blanche et élevée excite mes desirs, mon imagination voltige et s'égare sous sa chemise; elle me promène de beautés en beautés, le prestige me fait toucher ses cuisses, son ventre, sa motte et son con. Cette idée luxurieuse enflamme mes sens, je me déboutonne, je ferme les yeux, je me branle, je décharge; et je suis tellement obsédé des appas que je prête à ma fouteuse imaginaire, que je crois en effet avoir foutu l'aimable objet qui m'a fait bander. A la vérité, l'illusion se dissipe; mais pareil évènement arrive auprès d'une jolie femme. On n'a pas toujours à souhait un con à foutrailler, mais il reste toujours cinq doigts et un vit; conséquemment, nouveaux tendrons à foutre; c'est donc avec raison que mon héros dit que *l'Illiade en entier ne vaut pas un branleur.*

LE MOYEN DE SE PASSER DE FEMME.

CHANSON ANACRÉONTIQUE.

Air : *Des Bergeres du hameau.*

NON je ne veux plus d'un con ;
Et vive la solitude ,
Le plaisir , ma seule étude
Prend le pas sur la raison :
Me branlant , j'ai ce que j'aime ,
Et bien plus heureux qu'un roi ,
Rien à mon vit ne fait la loi ,
Que mon seul desir suprême ;
Rien à mon vit ne fait la loi ,
Que mon seul desir suprême.
Foutant de cette façon ,
Je ne crains pas la famille ;
Point de garçon ni de fille
Ne me fera la leçon.
Qu'on en glosse et qu'on en raille ,
Voilà ma postérité ,
C'est ma seule félicité :
Et mes cinqs doigts font bataille. (*bis.*)

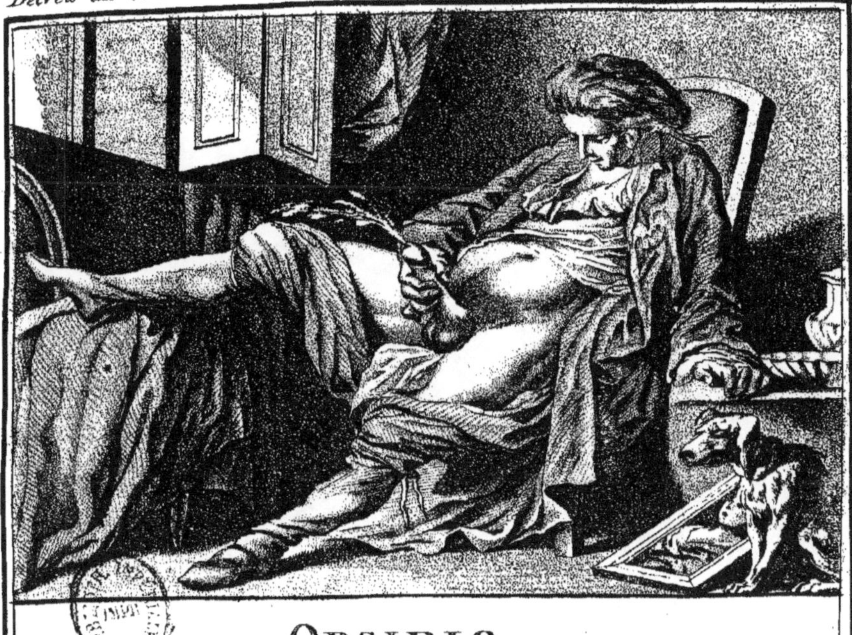

OBSIDIO.

O vous dont un Aveugle a fait des Demi-dieux,
Héros, qui combattiez avec l'aide des cieux,
Champions babillards, dont les fertiles langues
Faisoient ab hoc ab hac d'ennuieuses harangues;
Superbe Agamemnon, que le Prêtre Chalcas
Contraignit d'oublier le devoir des papas;
Et toi fougueux Achille, et toi, malin Ulysse,
A qui jadis Circé donna la chaude-pisse;
Et toi, sot Ménélas, que Paris fit cocu,
Fier et bouillant Ajax, toi qui tappois si dru;
Grands guerriers, dont l'histoire est vraiment une attrape
Et qui tous aujourd'hui seriez soldats du Pape,
Vous avez rassemblé cent mille combattants,
Pourquoi faire? pour prendre Ilion en dix ans.
Eh! Pauvres Alguasils, tranquille sur mon siége,
Je vais faire vider la place que j'assiége:
Avec cinq grenadiers je vais être vainqueur:
L'Iliade en entier ne vaut pas un branleur.

Quand je lorgne en tapinois ;
La blonde, ainsi que la brune,
Je pense à bonne fortune,
Dans mon réduit en grivois,
Puis en main prenant ma pine,
Je me crois entre ses draps,
Et me branlant à tour de bras,
Ainsi je fout la lutine, (*bis.*)
Point de soucis, de tracas,
Dans mon paisible ménage,
Du sexe bravant l'outrage,
Je me ris de son fracas,
Je jouis à ma manière,
Mon poignet est général,
Avec lui j'évire le mal
Et foutrait toute la terre. (*bis.*)
Déchargeant, je suis vainqueur
De mainte et mainte fripponne,
Oui, malgré qu'on en raisonne,
Non, rien de tel qu'un branleur ;
Dans l'excès de son délire,
Il ose braver les Dieux,
Si foutre est le plaisir des Cieux,
Se branler en est l'empire. (*bis.*)
Lorsqu'Adam saisit le con,
De notre mère première,
Combien de malheurs sur terre ;
Il fut l'auteur, ce dit-on ;
Si semblable à Diogène
Il se fut branlé le vit,
C'en était fait, tout était dit ;
Plus de chagrin, ni de peine.

LA TROMPETTE DU JUGEMENT,

OU

Le Moine débandant.

Qu'on me vante en vain les exploits d'un militaire. Je sais qu'un grenadier ne fout pas comme un petit maître; il monte aussi gaiement à l'assaut que sur le corps d'une femelle en gentil corsage, dont la taille svelte et alongée lui présage mille charmes, dont les tettons fermes et rondelets enflamment en lui les desirs de la paillardise. Je sais en outre que, hardi fouteur, il n'abandonne pas facilement la brêche que la place ne soit rendue, et que le foutre ruisselant avec le sang sont les signals assurés de la victoire; mais encore, qu'est-ce qu'un soldat auprès d'un moine? Que l'un remporte les lauriers de la guerre, j'y consens; mais aux pénaillons appartiennent les lauriers de la fouterie, et comme j'ai toujours eu l'humeur pacifique, je tiens pour assuré que les uns valent bien les autres.

A voir le tableau qui forme le sujet de cette anecdote, je m'expose sans doute à un démenti sur l'assertion de ce que je viens d'annoncer, chacun va courir à l'examen de l'estampe, au moins ceux qui ne l'auront fait qu'appercevoir, et l'on va dire, le voilà donc ce moine valeureux, dont le vit mâle et rubicond est l'effroi de tous les cons qui se présentent à ses regards, il a les yeux fixés sur un qui entr'ouvert et dans la plus belle exposition, l'invite à cueillir mille plaisirs; la douce pâmoison de la créature divine en proie à sa lubricité est ensevelie dans une langueur lubrique, annonçant le desir de foutre, et cependant sa couille pend, son vit a la tête baissée; la fouterie paraît plutôt l'effrayer que l'animer au déduit amoureux, et c'est pourtant un moine.

Eh! taisez-vous goguenards, plaisans, pour un moment je vous souhaite à la place du révérend, et d'honneur je puis assurer que quand vous auriez un vit semblable à celui d'Hercule, ou à celui de défunt le maréchal de Saxe, quand vous banderiez comme l'un ou l'autre de ces deux héros en fouterie, vous en resteriez le tout net, même quand vous auriez devant les yeux les tettons de madame Victoire, le con de Marie-Antoinette, les fesses de madame de Balby, les cuisses de la duchesse de Saint-Aignan, la motte de la duchesse d'Orléans, et que le poignet agréable de toutes les putains des quatorze ou quinze spectacles de la capitale vous secoueraient l'engin, si vous bandiez, que le diable m'emporte; pour en être convaincus, lisez jusqu'au bout.

Le Père Théodore, Feuillant de la rue Saint-Honoré, tout aussi paillard que les défunts frère Come et le père carme Elisée, tout en allant à la quête, cherchait aussi le prioré : plus jaloux de procurer quelque aubaine à sa luxure, que des charités à son couvent, son soin le plus précieux était de s'introduire dans ces refuges de fouterie dont le Palais-royal est environné, et quand il le pouvait, sans appréhender le scandale, le *pater* y foutait; et plus d'une de ces prêtresses de Priape avait été tout aussi flatté de l'offrande que le bon père avait répandu dans le tronc de sa maison, que du foutre provenu du membre de sa révérence.

Le frocard était ordinairement accompagné d'un frère laïs, qui chérissait autant que lui la créature, et qui, quoique n'étant pas initié aux mystères de la monacaille, sentait de fois à autre se roidir sous sa robe l'aiguillon de la chair.

Une jeune et jolie provençale que nous logerons rue des Bons-Enfans, avait été abandonnée par un garde-du-corps, depuis l'époque où ces satellites de la cour avaient été contraints de déloger sans tambours ni trompettes, et de fuir devant un escadron de poissardes, proprement appellées mesdames de la halle, et conséquemment forcées de prendre le parti du commerce, et de tenir boutique est entrepôt de fouterie dans ce quartier si renommé.

Depuis quelque tems le père Théodore, au moyen d'un écu, claquoit les fesses de cette divinité, et le plus ordinairement le frère laïs l'accompagnait et restait sur l'escalier. On pressent bien, sans doute, que cela n'étoit pas du goût de sa fraternité; or, que fit-il. Sorti du couvent sans sa révérence, il fut trouver la prêtresse de Priape, et lui adressa ce discours énergique :

Je n'ai pas le bonheur d'être père Feuillant; mais je fouts tout aussi bien, et qui plus est, je paye encore mieux. Je t'apporte, miraculeuse beauté ! le fruit de mes épargnes, et un vit digne du généralat, pourras-tu le refuser ? Quelle est la putain qui, en entendant une pareille harangue, ne se couche àusitôt et n'empoigne à l'instant même et vit et argent ; c'est aussi ce que fit la prostituée. Content de cette précieuse besogne, il rengaîna son allumette, et promit de revenir le lendemain ; mais en se promettant bien de se venger du père Théodore.

Le lendemain, s'étant muni d'un cornet à bouquin, il devança le pénaillon chez sa dulcinée, la foutit d'abord, et sachant le moment où sa révérence allait entrer, il s'amusa à foutimasser en l'attendant.

Le père Théodore arriva donc, le frère parut effrayé ; que faire ? Le lit seul pouvait le dérober aux regards du *pater* ; il se fourra dessous. A peine il y fut, que le ventru Théodore était dans la chambre, qui s'annonça ainsi : bonjour ma couillardine ; viens me baiser. Je suis en train aujourd'hui, oui, je sens, au feu divin qui circule dans mes couilles, que ton aubaine sera triplée. Alors il se mit en devoir d'enconner ; mais, ô prodige ! Comme il enfilait la route canonique, un effroyable son de cornet partit de dessous le lit; puis une voix tonnante que le frère laïs prit soin de contrefaire, adressa ces mots au moine paillard qui s'était retiré de dessous son impudique courtisanne :

Infâme enfant de Saint François, est-ce ainsi que tu fais usage des vertus du cloître? Impur, je te cite au jugement dernier. Quelques sons de la même trompette terminèrent cette ridicule harangue. Quelle figure faisait ce bon père Théodore? Bien triste, en vérité. Il ne bandait plus; levant les mains en l'air, il recula de surprise, et sans en demander davantage il enfila l'escalier et se retira surpris, pénétré de surprise et d'horreur.

La charmante fouteuse, au fait de l'aventure, avait joué l'évanouissement; mais sitôt que le bon père eut enfilé la venelle, le frère laïs et la princesse rirent aux larmes, et le charmant bijou que le révérend Théodore s'apprêtoit à fêter fut la proie des ardens baisers de son compagnon.

C'est ainsi que les moines se vengent : Dieu des fouteurs, tu peux seul suggérer cette ruse, mais elle est inimitable.

Qui fut penaud ? ce fut sa révérence. Qui fut joyeux ? ce fut le *frater*. Qui fut satisfaite ? ce fut la catin. Il est vrai qu'elle perdit une pratique par cette aventure ; mais comme les ressources d'une femme publique sont inépuisables, le Ciel ou plutôt la lubricité lui en envoya d'autres.

APRÈS LA PANSE VIENT LA DANSE,

OU

La Philosophie de l'Huissier-Priseur Bussault, et de la demoiselle Longueil, Musicienne du Concert Spirituel.

POURQUOI ne nommerais-je pas mes masques? je le répète : honni soit qui mal y pense. Ce n'est pas le desir de satyriser qui m'a mis la plume à la main : le seul plaisir a pu m'engager à transcrire ces anecdotes telles qu'elles me sont parvenues. Si je les vois un jour consignées dans les fastes de Cythère, tous mes vœux sont remplis; si les personnages dont j'ose ici publier les transports amoureux, se formalisent de la sincérité de mes descriptions, sans doute ils auront tort, car leur courroux ne fera que m'égayer. Apôtre de Priape, sectateur d'Ovide, disciple de Piron, je marche sur les traces de ces trois précurseurs de la fouterie; et pourvu qu'à côté de l'aimable amie que j'ai choisie, je puisse, échauffé par la vue de son joli ventre d'ivoire, dessiner quelques actes voluptueux de lubricité et faire passer dans les sens de mes lecteurs, cette ardeur de foutre, qui circule dans les miens, je puis à bon droit me moquer du qu'en dira-t-on ?

L'huissier-priseur Bussault est, sans contredit, l'amour adolescent lui-même, cinq lustres forment son âge, et malgré cette jeunesse, on remarque en lui, taille et jarret d'Hercule, fermeté de hanche, gorge noire, œil fendu, et toujours porteur d'une culotte à la moderne, c'est-à-dire étroitement serrée. Soit qu'il soit toujours en état de grace, ou que la nature l'ait pourvu d'un vit à faire fortune, on ne peut s'empêcher de convenir que l'apperçu de son braquemart ne soit de la plus belle apparence.

La demoiselle Longueil, cantatrice du concert spirituel, est la créature la plus parfaite que les grâces aient pu former : le Dieu qui préside à l'union des amans dignes l'un de l'autre, fit naître entre le gentil Bussault et l'égrillarde Lougueil, la plus étroite intimité. Voici ce qu'à cet égard, raconte cet aimable fouteur : écoutons-le parler lui-même.

Oui Longueil est toute divine, disoit un jour Bussault à un de ses amis, c'est le plus beau corps de la terre, chacun de ses appas rend yvre d'amour, ses tettons charmans provoquent le plaisir, ses yeux étincellent de tous les feux de la paillardise, sur ses lèvres de roses siégent les amours, toujours humectées de mousse amoureuse, son doux sourire semble vous inviter à cueillir les myrthes de la volupté; tels sont les charmes qui sont à la connoissance de tout le monde; mais ceux dont on ignore la peinture, je vais ami, t'en donner le détail.

Taille belle et élancée, bras faits au tour, cuisses miraculeuses, croupe angélique, fesses rondes, fermes et potelées, je ne puis y penser sans éprouver de nouvelles extases. J'en fis la connoissance au cirque du Palais-royal, où, ce jour-là elle exécutoit un *solo* de harpe. La délicatesse avec laquelle elle pinçoit de ses doigts mignons les cordes de son instrument me firent désirer plus d'une fois la même faveur pour le mien. Je bandais dans un coin de la salle pour les objets ravissans qui s'offraient à mes regards, quand ses yeux se fixèrent sur les miens. La rougeur me monta au visage, et ses joues se colorèrent. Ce fut sans doute le foutre, comme le dit cet auteur immortel, qui ajouta les roses aux lys de son teint, car dans le même moment sa gorge palpita, ses tettons se haussaient et s'abaissaient, le chant dont elle accompagnait son jeu devint plus tendre et plus passionné; et en parfait connoisseur, je conjecturai que si de mon côté je bandois d'une force violente pour cette charmante musicienne, elle me rendait le change, et qu'après le *solo* qu'elle exécutoit, nous pourrions bien former le *duo* de fouterie le plus flatteur.

Mes pressentimens se vérifièrent. Au sortir du concert je lui donnai le bras jusqu'à la voitnre de remise qui l'avait amenée, et je lui demandai la permission d'y monter avec elle, ce qu'elle m'accorda sans répugnance. Nous voici donc dans le Phaëton de louage, glaces fermées et voyageant depuis le cirque, jusqu'à la rue des Amandiers, près Popincourt. J'aurois voulu de bon cœur ralentir la course des chevaux, et terminer sur les coussins de ce boudoir roulant, l'acte délicieux que je me proposais; mais l'heure du berger ne sonnait pas encore, quoique l'aiguille que je portois extrêmement roide, n'aspirât qu'à toucher au cadran. Après quelques préludes, je devins téméraire, le mouvement de la voiture avoit animé mes sens, je hazardai à coller ma bouche sur la sienne, elle reçut mon baiser, en y répondant par un autre, et fretillant avec sa langue, elle m'excita par ce vif et léger badinage ; à porter une main sur ses tettons, et l'autre sous ses jupons ; je n'éprouvai de sa part qu'une légère résistance, et je parvins au centre de la volupté. Dieux ! que la vue devait en être ravissante, puisque le toucher me faisait éprouver d'aussi voluptueuses sensations ? Vis-à-vis l'un de l'autre on ne pouvait être plus gêné que je l'étais. Aussi sans balancer je la saisis en l'embrassant, et la fis asseoir sur mes genoux. Ce fut alors que je prodiguai à la passionnée Longueil les plus brûlantes caresses : ma main n'avait pas désemparée son poste. Je folâtrais légèrement avec mon doigt dans les poils de sa motte ; ses cuisses s'ouvraient et se resserraient avec fureur, nous désirions l'un et l'autre ; mais à cette séance, nous nous en tînmes à la petite oye. Ce doigt chéri pour lequel de certaines femmes ont tant de prédilection, s'était enfin introduit dans le joli con de ma belle. Je flottais son clitoris, tandis qu'elle-même ayant fait sauter boutons et pont-levis, s'était emparé de mon docteur qu'elle secouait légèrement, ou qu'elle serrait avec ardeur, suivant l'impulsion de son tempérament qu'elle ressentait. Nous confondions nos ames ensemble par la voie des baisers; déjà les serremens de fesses, et les roidissemens de ma divine, autant que ses soupirs convulsifs m'annonçaient qu'elle jouissait du suprême bonheur; un frottement délicieux termina l'affaire, et nous déchargeâmmes ensemble : il était tems; car la voiture arrivait. A demain, mon bel ange, me dit-elle, je t'attends à 10 heures. Eh! pourquoi pas ce soir? lui répondis-je. Cela ne se peut, mon cœur, nous courrions risque d'être interrompus, tu dois m'entendre; que cela te suffise, à demain. Ma voiture te reconduira. Alors elle s'élança dans une maison de jolie apparence (1), et le cocher me roula

(1) Louée à cette charmante sirène par le comte d'Espagnac, demeurant rue des Champs-Elisées. Cette entreteneur de la demoiselle Longueil est neveu de l'ancien commandant des invalides.

chez

chez moi, ainsi que mes réflexions amoureuses.

Le peu de mots de ma nouvelle conquête m'avait mis au fait ; je compris qu'il y avait du milord-pot-au-feu dans l'aventure, et je ne me trompais pas. Le comte d'Espagnac, ce fameux libertin, que la chronique scandaleuse et libertine se plaît à citer, faisait les honneurs de la maison du jeune oiseau de passage que j'avais captivé, et qui s'apprêtait à lui faire des roueries. Vingt-cinq louis qu'il lui donnait par mois n'étaient pas à dédaigner ; il s'en fallait de beaucoup que je fusse en état de lui procurer cette somme. *Ergo*, il fallait donc que je me contentasse du rôle à la mode que jouent, sur le pavé de Paris, quantité d'honnêtes gens, qui cependant ont la réputation d'être de bonne société.

Je passai la nuit la plus délicieuse en me repaissant de mille chimères voluptueuses, et l'aurore n'eût pas plutôt éclairé la surface de la terre, que je me rendis chez mon incomparable ; mais l'heure du rendez-vous n'étoit point encore expirée ; l'heureux mortel, qui pour son argent, avait le droit de primauté, pouvait être encore sur le sein de ma nouvelle amie ; occupé entre deux draps à tirer quittance de l'argent qu'il déboursait pour son entretien ; en cas pareil, ma présence eût été importune : Je me résignai donc à la patience, et, comme une sentinelle au corps-de-garde, j'attendis mon heure de faction, en me promenant en long et en large, sous les fenêtres de ma dulcinée.

Les fumées des jouissances foutatives ne m'avaient pas tellement enivré que je ne sentisse bien que mon estomach avait aussi des besoins à satisfaire ; *Vive l'amour, pourvu qu'on dîne* : cette devise fut la mienne dans tous les tems ; j'aurais bien pu m'installer dans un café, mais j'eus risqué de manquer le moment après lequel je soupirais. Ainsi donc je fis de nécessité vertu.

Enfin, ce que j'avais prévu arriva : la porte s'ouvrit et mon heureux rival sortit dans un cabriolet élégant ; je jugeai à l'air de satisfaction que je lui remarquai, que la séance avait été des plus complettes, et j'enrageais intérieurement que le démon de la concupiscence eût pris assez d'empire sur moi, pour m'inspirer le dessein d'aller foutre, en second, une femme qui ne faisait que de sortir de dessous son cavalier. Les écus qu'il prodiguait me consolaient cependant, et je me disais : puisque c'est usage, je serais ridicule de ne pas m'y conformer.

J'attendis encore quelques minutes, dans l'appréhension qu'il ne prît un *remora* à monsieur le payant ; mais tranquille sur cet article, je me présentai. Une soubrette intelligente, et déjà prévenue, m'introduisit auprès du lit de ma divinité, qui me reçut à bras ouverts, en me reprochant obligeamment de m'être fait attendre. La vision du monsieur au cabriolet m'aurait fourni une réponse ; mais je respectai la réserve de ma nymphe, et je ne répondis que par des baisers.

Un ordre secret donné à l'oreille de la femme-de-chambre fut bientôt exécuté, et je ne tardai pas à voir paraître un déjeûner, si-non splendide, au moins fait pour faire naître les desirs et les forces, et préparer un galant cavalier à l'amoureux combat. Fort bien, me dis-je en moi-même, la petite personne est prévoyante, et veut être bien servie ; allons, avalons ce précieux restaurant, puisque le Ciel me l'envoie. La chambrière s'éclipsa, et mon adorable et moi nous commençâmmes à sabler quelques verres d'un excellent vin, puis me passant les bras autour du col, elle me dit : ah! de grace, cher ami, débarrasse-toi de ces incommodes vêtemens ; regarde-moi, ne suis-je pas nue, ne pourrais-je admirer la justesse de tes proportions avec autant de facilité que je t'en donne pour examiner les miennes? Je ne me le fis pas dire deux fois : en un clin d'œil je fus déshabillé, et en un saut, zeste, je fus dans son lit. Ah! mon ami, quelle jouissance inexprimable! Quel raffinement de volupté. Je voulus aller sur le champ au fait ; mais cette fouteuse experte m'arrêta, en me disant, mon tendre ami, n'épuisons pas d'abord toutes les ressources de la volupté, avant de parvenir à son comble ; que les plus charmans préludes nous conduisent par dégrés à cette situation délicieuse ; le prestige de la jouissance est si-tôt évanoui. Rassasie-toi de la vue de mes charmes : alors d'un mouvement de jambes, et de cuisses, la belle écarta les draps qui voilaient ses beautés, et je vis à découvert ; grands dieux! Comment pouvoir bien exprimer ce que je vis, une gorge ferme et élastique, ventre poli et fait au tour, motte rebondie, enfin tous les attraits qui peuvent captiver l'amour et enchaîner les sens.

A son tour elle me fit l'analyse de ce qu'elle appellait en moi des charmes incomparables ; la grosseur et la longueur de mon vit sur-tout la frappa, elle fit successivement l'éloge de ce membre générique, de mes couilles, et des pretintailles qui y sont annexées. Cet examen nous échauffa, je me présentai en exploiteur hardi, et j'enconnai ma déesse, les coups de cul que j'allongeais avec vigueur et rapidité, faisaient trembler le trône de nos plaisirs ; le mouvement de son croupion, ses élans vigoureux s'accordaient merveilleusement avec les miens. Deux fois nous déchargeâmmes, et j'étais prêt à courir une troisième poste, quand elle m'arrêta, en m'engageant à réparer mes forces. Nous finîmes donc une pause, pour lamper encore quelques gorgées de nectar que la chambrillon avait laissée près du lit ; *après la panse vient la danse*. Rien de plus naturel. Nous recommençâmmes ensuite et nous nous quittâmes on ne peut pas plus satisfaits l'un de l'autre.

Depuis trois mois ce charmant commerce

continua entre nous ; chaque fois que je rends hommage au con de l'aimable Longueil, connaissant l'effet d'un déjeûner salutaire, elle a soin de me le faire servir ; je ne sais quelle drogue elle inserre dans les alimens dont j'avitaille mon estomach ; mais il est certain qu'ils me procurent une nouvelle force, auprès d'elle je suis un Hercule, elle m'appelle son fouteur par excellence. Juge, ami, toi consommé dans la fouterie, s'il existe bonheur comparable au mien.

ANHELAT ET SILET VOLUPTAS.

Le sexe féminin est un sexe bavard :
Ce reproche est faux ; car
Vous le voyez ici qui garde le silence.
Mais s'il ne parle pas, il est bien vrai qu'il pense
A quoi ? vous vous en doutez bien :
Il pense à certain petit drôle,
Qui dans certain endroit remplit un certain rôle.
D'ailleurs si Philis ne dit rien,
C'est qu'un ardent baiser lui coupe la parole.
Comme ce galant est entrain !
D'un déjeuner c'est l'effet salutaire :
Bacchus au grand galop mene l'homme à cythere :
On fait tout mal quand on a faim :
Aussi la belle par prudence,
A fait à son galant servir d'excellent vin ;
Or vous voyez comme il la récompense :
Après la panse vient la danse.

ANHELAT ET SILET VOLUPTAS.

CHANSON PRIAPIQUE.

Air : *O ma tendre musette.*

Filles, foutez sans cesse,
En dépit des mamans,
Mon exemple intéresse ;
Et le vit des amans
Bravant l'ordre sévère
Fait pâmer de plaisir ;
A tout bien je préfère,
Le fruit du chaud desir.

Profitant de son âge,
Un jeune et frais gaillard,
Volait un pucelage ;
En fameux égrillard,
Près de lui la bouteille
Animait ses efforts,
Le doux jus de la treille
Redoublait ses transports.

Par plus d'une secousse,
D'un con prenant l'assaut,
Plein de vigueur il pousse
Et remue comme il faut.

De même la donzelle
S'agitant de son mieux,
Cesse d'être pucelle
Et rendit grace aux Dieux.

Ah ! dit-elle, ravie,
Ami, que tu fout bien,
Le charme de la vie
Consiste dans ce bien,
Sur ma gorge d'albâtre,
Ah ! dépose un baiser,
Toi, si tendre et folâtre,
Peux-tu me refuser ?

Je n'ai point de richesse ;
Mais mon con, n'est-ce rien,
Mes tettons et mes fesses,
M'en procurerons bien.
Une pine nerveuse,
Cuisses et reins charnus,
Sont pour une fouteuse,
Les trésors de Crésus.

Allons nous mettre à table ;
Tout en sortant du lit,
Ce plaisir délectable
Va te rendre ton vit ;
Si-tôt après la danse
Vient un autre plaisir,
C'est-là la récompense,
De ton ardent desir.

LE GAGNE-PETIT RETOURNÉ, OU

La véritable manière de foutre en brouette.

OVIDE, en enseignant l'art d'aimer, enseigna les véritables préceptes de l'art de foutre : Pétrone marcha sur ses traces, et le sublime Arétin employa ses crayons à démontrer aux mortels quels étaient les plus sûres manières de s'y prendre pour jouir des plaisirs du Priapisme avec la divinité choisie par le cœur ou les sens.

Entre tous les moyens que ce sublime peintre de la nature employa pour démontrer les différentes manières de foutre, celle d'exploiter en brouette lui parut une des plus galantes, et il appliqua tous ses soins à la perpétuer; cette manière se répandit, devint en vogue, et chacun voulut foutre de cette façon.

Parmi tous les députés que nous voyons figurer à l'assemblée nationale, on distingue le politique D . . . . . , grave à la tribune ; voluptueux dans le tête-à-tête, libertin par goût, passionné par tempérament, et aussi bon rhétoricien dans la pratique des plaisirs secrets de Vénus, que dans la connoissance des loix nouvellement nationales.

Qu'on me permette de tracer ici l'anecdote suivante ; elle justifie ce que je viens d'annoncer concernant cet intègre député ; elle s'accorde avec ma manière de jouir ; elle rend hommage au culte que je professe. Ainsi lecteurs, femmes, filles prostituées, connues ou non, prostituées ignorées, chacun sera content.

Hélène P. . . . . . est uneputain bourgeoise au premier chef ; elle tient boutique de . . . . rue de Rohan - Saint - Honoré, son bonnace époux emploie la forme d'un chapeau pour attirer la pratique, tandis que sa femme, pour douze francs par séance, emploie la forme de son postérieur, pour satisfaire les michés qui ne veulent pas se fier à tout le monde.

Je viens donc de peindre le député D . . . comme un vigoureux coureur de femelle, et la dame P . . . . . comme une femelle experte, semblable aux demi-castors de sa maison ; c'est-à-dire, que dans sa composition et dont l'usage qu'elle fait de son individu, il entre un mélange, qui loin de la rendre une femme accomplie, la doit faire considérer comme un composé de toutes les substances.

Les amateurs des différens genres de plaisirs s'imaginent que pour en tâter de toutes les sortes, il ne suffit que de se présenter dans un bordel, et que la première desservante de cet asyle de l'amour va vous initier dans toutes les pratiques des mystères de la volupté : erreur de calcul ; sur ce chapitre-là une bourgeoise est courtisanne et demie, et sait mieux ce qu'en vaut l'aune, que la lubrique dévergondée qui attend au coin de la rue le bénais qui doit lui faire gagner son souper pour un coup de poignet.

Nos députés, que les Parisiens regardent servilement comme les envoyés de la Providence pour le bonheur général, sont traités par eux comme des prophêtes, à qui l'on ne peut rien refuser sans crime ; semblables aux Lapons, les bons et bénévoles maris de la capitale iraient volontiers au-devant des députés gauches de l'assemblée, et leur diraient : venez chez moi, disposez de mon argent, foutez ma femme, faites-lui des enfans, ruinez-moi en l'honneur de la révolution, je paierai toutes vos sottises; il suffit pour moi que vous soyez du côté des blancs, je tiens à grand honneur d'être cocufié par vous; je nourrirai les enfans que vous me ferez l'honneur de faire à ma femme, et les bienfaits de la constitution se répandront sur mon ménage.

Ainsi pensait Abraham, quand il foutait Agar, au préjudice de sa femme Sara; c'était, suivant le texte de la Bible sacrée, pour plaire au Seigneur, et c'est de même pour plaire à la constitution que le sieur P. . . . . . reçoit chez lui, sans murmurer, le député D . . . . , et qu'il le laisse fourvoyer avec sa complaisante épouse.

Mais au fait, me dira lecteur qui n'aime pas les dissertations, et qui court après les descriptions voluptueuses, peignez-nous donc votre gagne-petit retourné, et démontrez-nous comment il est possible que la fontaine dont le débordement va contenter Hélène, soit dessous, et que l'outil musculeux de votre ribaud s'affute dessus. Je dois effectivement répondre à cette question, et c'est ainsi que je m'y dispose.

Hélène P . . . . ., comme je l'ai dit, est une de ces femelles qui joignent le plaisir à l'intérêt, et qui, savantes dans l'art de foutre, en démontrent tous les articles. Sans trop s'arrêter à la taxe qu'elle exigeait ordinairement pour le prix de ses faveurs, l'honneur d'avoir un député de l'assemblée nationale pour amant, était plus que suffisant pour l'engager à admettre le sieur D. . . . . à la couche nuptiale de son débonnaire époux. J'établis donc cette liaison qui me conduit insensiblement à la narration de l'anecdote du gagne-petit renversé.

Une belle matinée que le sieur P . . . . . était absent, le député D . . . . . vint tenir sa place; la dame était encore au lit, pouvait-il se rencontrer une situation plus agréable pour son amant législateur. Sûrs l'un et l'autre de ne point être interrompus, le galant rédacteur de la constitution s'approcha de sa belle c. . . . . . ., et débuta avec elle par ces préludes charmans qui irritent les desirs, et qui par dégrés conduisent au souverain bonheur. Baisers lascifs furent prodigués par le député lubrique sur toutes les parties du corps de cette femme divine, son ventre, sa motte, ses cuisses et son con reçurent tour-à-tour ses hommages ; mais quand il fallut en venir au fait, la dame impatiente proposa à son tendre ami, de se mettre nud, ainsi qu'elle, et de s'en donner l'un et l'autre à cœur joie.

Une prière aussi charmante devint un ordre pour un amant qui bande fort ; aussi mon député ne se le fit-il pas redire. En un moment le voilà dans le même négligé que sa belle, et tout aussi dénué de vêtemens que l'était notre premier père dans le paradis terrestre, ce qui pouvait seul en différencier le lieu, étaient les draperies, les ameublemens ; mais n'ayant des yeux que pour les plaisirs qu'ils allaient célébrer, le reste leur importait peu.

Comment le ferons-nous, mon cher, dit la P..... au député D.....? tous mes appas sont à ta discrétion, tu peux en faire usage ; mais de telle manière que tu t'y prenne, ce ne sera toujours que foutre un con. Ne pourrions-nous inventer quelqu'une de ces postures attrayantes qui augmentent les plaisirs. D..... avait son Arétin gravé dans la cervelle ; aussi, sans beaucoup réfléchir à l'agréable proposition de la luxurieuse P......, il la fit poser sur les coudes et sur les genoux, dans cette pose charmante elle étalait aux yeux de son ribaud un cul que le marquis de Villette eût à-coup-sûr baisé avec autant de dévotion que l'évêque de L...., nommé nouvellement à l'évéché de P..., baise la signature de Mirabeau, l'ame damnée qui lui a été si favorable pour cette promotion.

Il ne s'agissait plus que d'enfiler. Deux trous se présentaient : savoir; un con de prédestinée, et un cul étroit bien digne d'être bougrifié ; lequel des deux prendra notre député, sera-ce le con ou le cul, ou réalisera-t-il le refrain de la chanson, chacun à son tour? eh ! pourquoi pas ; mais avant de se terminer, que fait-il ?

D'abord il examina voluptueusement les fesses de sa divinité ; il les tâte, il les baise ; sa charnière mobile, la chûte de ses reins, son croupion élastique, tout est pour lui l'objet d'une exclamation, et il disait : ah ! grand Dieu ! quels reins, quelles fesses, quel cul. Son outil n'aspirait qu'à engaîner ; mais craignant quelque faux-bon de sa part, il voulut préalablement l'éguiser sur la meule qui était exposée à ses regards libertins ; donc il le frotta sur les reins mobiles de sa fouteuse et dans l'entre-deux de ses fesses. Que faisait pendant ce tems sa meule animée ? Elle remuait la croupière ; mais rien ne pouvait arroser l'instrument ; car la fontaine était dessous.

Telle est l'image du gagne-petit renversé, voyez D. . . . affutant son joyeau sur la croupe rebondie de la dame P. . . . , examinez avec délices son enthousiasme, l'ardeur avec laquelle il travaille, et vous désirerez sans doute pareille aubaine ; quand à moi, qui n'ai pas l'honneur d'être député de l'assemblée nationale, que le Ciel m'en envoye une semblable, et je promets faire bon usage de la meule.

On ne peut foutre avec plus de délices, que le firent D. . . . . et la dame P . . . . . . , et comment pourrait-on en douter ? tous deux animés de paillardise, tous deux nuds et ivre d'amour et de lubricité, comment auraient-ils pu ne pas se plonger dans ce délire que tous les hommes recherchent.

Si pour un moment je les laisse foutre en brouette, c'est pour feuilleter les lèvres du con de ma tendre amie, et essayer de devenir une copie de la fouterie dont il m'ont procuré l'original.

Jeunes

Jeunes amans qui sentez l'aiguillon de la chair regimber et s'échapper de l'étroite prison où vous le retenez ; croyez-moi, faites usage de cette méthode, et ne vous accouplez pas comme le vulgaire; si les épices de l'Amérique assaisonnent les mets qui se servent sur vos tables, de même les postures variées assaisonnent les plaisirs de l'amour, et la fouterie en brouette est la rocambole de la jouissance. Retenez ce précepte, et tirez-en parti, vous en reconnaîtrez l'utilité dans ces momens, sur-tout que l'excès des plaisirs charnels vous aura plongés dans la société; campez-moi votre fouteuse dans la même posture que celle que vous présente la dame P . . . . . ; imitez avec elle le gagne-petit retourné, et si vous ne bandez pas, jettez au feu ma maxime, elle ne peut servir qu'à des fouteurs privilégiés de la nature.

LES MEUBLES RENVERSÉS,

OU

Le Brevet de Cocu accordé au sieur M......, Agent de change, rue de la Verrerie, par le sieur de la C.... ancien Avocat au Parlement.

Qu'on dispute à l'assemblée, je m'en ris; que les Jacobins patriotiques tournent en ridicule les Françiscains monarchiques, je m'en moque; que la municipalité chante des *Te Deum*, je m'en bats l'œil; que les sots Parisiens illuminent la façade de leurs maisons, je m'en tiens compte. La fouterie, voilà ce qui m'occupe, c'est mon souverain bien; le but de tous mes desirs, et foutre long-tems, et expirer de plaisir en festoyant le beau con de ma jolie blonde, voilà les vœux que je forme. Si je dispute, ce n'est que pour recommencer cette douce besogne; quand, excédée de fatigue, ma gracieuse femelle me refuse le combat, si j'entonne des *Te Deum*, c'est pour remercier le Très-Haut de m'avoir procuré des forces suffisantes pour enconner nombre de fois ma bien-aimée, et mes seules illuminations partent de la clarté de vingt bougies qui éclairent voluptueusement, en se refluant dans des glaces disposées exprès, les délicieux plaisirs que je goûte avec elle.

C'est sûrement ainsi que raisonne mon confrère de la C....., cet avocat éloquent qui ne détourne les yeux de dessus Cujas et Barthole que pour les reporter sur les charmantes donzelles de son quartier, au moins c'est ce que semble prouver l'anecdote que j'insère dans ce plaisant recueil, toujours en suppliant les héros que j'y désigne de me pardonner la liberté que je prends de les immortaliser par la voie de l'impression.

Le sieur M.... agent de change, rue de la Verrerie, est un financier âgé de cinquante ans, qui prit pour femme femelle, qui en comptoit à peine vingt; ce sont là des jeux de l'amour, c'est une vengeance que ce dieu exerce contre les vieux garçons; il les enflamme sur le retour pour des objets qui les conduisent par dégrés au cocuage, et je tiens, moi, que c'est bien employé.

Toujours Barême dans sa poche, et la tête occupée de calculs, ce n'est que les lunettes sur le nez qu'il aborde sa tendre moitiée ; cet appareil ridicule effarouche les grâces, et ne saurait plaire à une jeune et séduisante beauté qui ne peut tout au plus compter que les caresses du plus aimable des amans, et qui, le pressant amoureusement sur son corps satiné et l'entrelaçant entre ses cuisses, lui dit, en remuant vivement la charnière, ah ! mon ami, quels plaisirs tu me fais éprouver, je n'en puis plus.... je me meurs.... Donne-moi ta langue.... que je la suce.... fouts, dépêche.... finis, je me pâme.... eh ! quoi dèjà finir.... ah ! de grace encore un voyage... Trois et un feront quatre.... Oui, voilà l'addition d'une femme dont le tempérament actif et laborieux ne respire que pour foutre, et tandis que le mari hérissé de systêmes agioteurs, numéraire les assignats ; la compagne de sa couche nuptiale entend beaucoup mieux à nombrer les coups de cul de son ami.

Le vieux et bonnace M... sortait un matin, à sa manière accoutumée, pour se rendre à l'effet d'essayer à augmenter ses fonds et son revenu. Ce jour-là le Diable s'en était mêlé ; son piètre ordinaire était de foutre une fois, tant bien que mal sa jeune épouse. O Priape! quelle faible portion. Mais hélas ! cette fois *nescio vos*. C'était en vain qu'il s'était fatigué, c'était en vain qu'il avait manié et remanié les tettons, les cuisses, le ventre, la motte et le con de sa poulette, qui par complaisance avait même passé la main sur son membre mou, lâche et racorni ; rien n'était venu, et le pauvre cher homme s'était vu contraint d'abandonner la partie sans donner aucun signe de vie.

Or, vous saurez, si vous voulez l'apprendre, que son voisin de la C...... était depuis quelques tems dans les bonnes graces de la dame, et qu'en honneur elle n'avait pu choisir un meilleur substitut. Femme galante et rusée a toujours une confidente, c'est dans l'ordre, ainsi donc pendant que sans bander le financier s'évertuait sur le corps de sa Suzanne à la mode, le galant homme de loix attendait dans un cabinet prochain que cette triste et chétive expédition fut terminée, pour aller s'emparer du poste, et procéder à une, beaucoup plus brillante.

Désespéré, confus, le bande-à-l'aise époux donne quelques claques sur les fesses de sa délaissée compagne, et passa la main sur l'ouvrage en lui disant amoureusement, va, mon cœur, ne te fâche pas, c'est un démon jaloux de ma félicité qui s'en mêle; mais je te promets que ce sera pour tantôt, puis il quitta la besogne et décampa.

Il ne faut pas demander si la femme ratée envoyait de bon cœur son vulcain à tous les diables; car un mari tel qu'il soit, a beau ne pas être aimé, pour peu qu'il foute, il est moins haïssable, et dans ces momens là, il fait plaisir tout comme un autre.

M...... parti, la dame soupira. Eh quoi! se disait-elle, ce vieux monstre ne m'a-t-il donc épousée que pour laisser en friche un bien qui n'aspire qu'à être cultivé; eh! suis-je donc si mal faite. De cette réflexion elle passa à l'examen de ses charmes, et tout lui disait qu'on en avait foutu de plus laides, et qu'elle méritait bien de l'être. Chien de cocu disait-elle au fort de sa colère, va, tu mérites bien ton sort: ah! si de la ..... mon cher de la C..... était ici, avec quel délicieux plaisir je me vengerais de l'affront que je viens d'essuyer! Ce vieux reitre m'a mise tout en feu, et dans ce triste moment je n'ai que mon doigt pour calmer l'ardeur dont je suis dévorée : n'importe, il faut m'en servir, toute désagréable que soit cette ressource.

Garde-t'en bien, ma douce amie, dit de la C...... en entrant, ce serait un outrage que tu ferais au membre sacrificateur de tes plaisirs; je te défends ce badinage, à moins que ce ne soit au moment où mon vit ne puisse plus t'être d'aucune utilité; mais que dis-je, cela se pourrait-il ? Non, non; s'il est possible qu'auprès de toute autre il perde de sa grosseur, de sa vigueur et de sa fermeté, auprès de toi toujours bandant il ne terminera sa carrière, que pour en recommencer une autre; ton con si joli, si charmant, peut opérer tous les miracles. J'ai tout entendu de ton cabinet; mon vit frémissait de rage, et écumait de fureur de n'être pas en ce moment à la place de ton froid époux. Etait-il digne, grands Dieux, de posséder tant de beautés.

Au même instant le voluptueux de la ..... renversant tous les meubles qui s'opposaient à son passage, il s'élança dans les bras de la sensuelle M...., qui d'une main leste et empressée le débarassa de ses vêtemens, puis en écartant les cuisses, elle étendit sur l'autel de la lubricité la victime qu'elle destinait à la vengeance que, peu de tems anparavant, elle méditoit de prendre contre son glacé mari.

Pauvre cocu, où étais-tu maintenant ? Ah ! si la vertu sympathique avait agi en toi dans toute sa force, sans doute un affreux tintement d'oreilles t'aurait annoncé ton désastre; le démon de la jalousie t'aurait inspiré, et sans doute tu te serais dit : Je viens de quitter ma femme, en proie à toutes les fureurs de l'ivresse luxurieuse, mon vit, mon triste vit m'a faussé compagnie, que fait-elle à présent? Comment éteindra-t-elle le feu que j'ai allumé? Ce qu'elle fait, imbécile ! elle te remplace, elle fout avec un autre, et tu n'as pas à t'en plaindre.

Il fut un tems jadis, où la nature endormie se montrait favorable aux époux impuissans; Appollon, le Dieu de la lumière, était alors exilé du Ciel, le front des maris était à couvert des injures du cocuage. Je ne sais si dans ce tems, que plus d'un Triton regrette encore, les amans bandaient moins, ou si les femmes étaient moins lascives; mais tant y à que la chasteté règnait dans ce sexe enchanteur, et toujours prêt à consommer des sacrifices au Priapisme. Le maître du tonnerre rappella le conducteur du char du Soleil; et ses rayons bienfaisans, en fécondant la nature entière, fertilisèrent toutes ses productions, la femme est de ce nombre. Ses desirs s'augmentèrent, ses sens s'allumèrent, elle ne vit plus dans un mari languissant qu'un meuble inutile; elle s'ouvrit et le mâle s'allongea. La corne d'abondance en produisit des millions à l'infini, et bientôt il y eut des cocus de tous les rangs et de toutes les espèces. Les contrées les plus éloignées, et où la sévérité des mœurs règnait avec le plus d'empire, furent les premières à se ressentir de cette influance. La fouterie et les cocus se perpétuèrent à l'infini, et ce fut sur-tout en France, que cette espèce se rendit commune; on le sait et on n'en rougit pas. Cet accident, si on peut ainsi l'appeller, est en vogue, et la mode est en règne.

Dans ce bienheureux climat, on peut

compter les cocus presque par le nombre des maris, depuis le Monarque jusqu'au dernier des manœuvres, tout a subi cette chance. Moi-même, tout en écrivant cette paraphrase, telle est aussi peut-être ma destinée ; mais loin de m'en affliger, je m'en console par le nombre de ceux que je connais.

Après plusieurs exploits amoureux, l'amant de la C.... enivré d'amour et de foutre, abandonna sa jolie adultère aux réflexions les plus voluptueuses, et alla promener les siennes où il lui plut. Dieu suprême des fouteurs, tu fus témoin de leurs transports ; ce fut toi qui guidas l'engin victorieux de cet athelète dans le vagin délicieux de cette jeune fouteuse ; ces ardens prosélites de tes mystères seront à jamais les corriphées de ta gloire ; range-moi de leur nombre, je t'en adresse la prière.

O divin instituteur de la fouterie, protecteur des couillons chauds et des pines valeureuses ! regarde la mienne d'un œil de pitié ; conduis dans mes bras une jolie Nymphe aguerrie, ou introduis-moi dans le lit d'un cocu ; fais que je ne débande jamais à l'aspect d'un con charmant ; que mille coups de cul signalent mon sacrifice ; que le foutre coulant à gros bouillons en innondant plus d'une matrice, me rende digne de ton culte, et je te promets de ne jamais déserter tes autels. C'est la grace que te demande le plus ardent de tes sectateurs. Ainsi soit-il.

REVOCATIO PHOEBI.

CANTATE SPIRITUELLE.

Air : *Des Bourgeois de Chartres.*

O Dieu de la lumière
Contemple ce tableau,
En est-il sur la terre,
Et plus grand et plus beau ?
Admire ces amans,
Qui plongés dans l'ivresse,
Se donnent des baisers charmans ;
Dirait-on pas dans ces momens
Qu'un Dieu fout sa déesse.

Que des fouteurs sans nombre,
Voyant de tels appas,
Soient ainsi que leur ombre,
Attachés à leurs pas,
Que de riches vieillards
Pour prix de leurs caresses,
Dans ce beau temple de paillards,
De libertins et de caffards,
Y portent leurs espèces.

Honneur de la nature,
Toi, con, propre au plaisir,
C'est dans ton ouverture,
Que n'aît tout mon desir,

REVOCATIO PHŒBI.

Jupiter ayant mis son bonnet de travers,
Par l'œil de bœuf du ciel regardoit l'univers :
Il vit d'un œil chagrin le Dieu de la lumiere
Plus brillant mille fois que le Dieu du tonnerre :
Jupin dit : nom d'un Styx ! et jaloux comme un fou,
Il exila Phébus je ne sais pas trop où.
Dieu sait comme il gela dans ce tems de tristesse :
C'est dans ce beau tems-là que naquit la sagesse.
Les Dieux, las à la fin de marcher à tâtons,
Chanterent tous en chœur, de belles oraisons.
Jupiter éxauça leur dévote musique ;
Et Phébus réparut sur son beau char pyrrhique.
La nature endormie alors se réveilla ;
La femelle s'ouvrit ; le mâle s'allongea :
La sagesse en gémit : rions de sa grimace :
Ainsi que son berceau, son vagin est de glace.

Ton contour élégant,
Ta membrane vermeille,
Excite un tel ravissement,
Que je décharge en y pensant,
Tout comme une merveille.
A quoi sert la sagesse
Dans ce siècle amoureux;
Qu'on bande et qu'on caresse,
C'est tout ce que je veux,
Tandis que le destin,
Et moissonne et ravage,
Toujours joyeux, toujours en train,
Depuis le soir jusqu'au matin
Au con je rends hommage.
Au Dieu qui fit le foutre,
Je demande en ce jour
Un vit comme une poutre
Pour calmer mon amour;
C'est ainsi que parloit
L'agréable Glycère
Désirant de deux gros couillons,
Les admirables carillons,
Pour claquer son derrière.
On sait que Madelaine,
L'honneur de tous les cons,
Sut soulager sa peine,
Foutant de cent façons;
Quoique n'imitant pas
La rude pénitence
Que l'on lui vit faire ici bas,
On peut bien marcher sur ses pas;
En foutant d'importance.

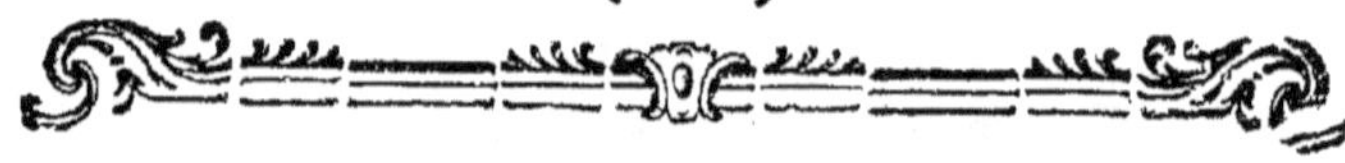

LA TABATIERE DE VÉNUS,

OU

L'observation antiphysique du gentil T...

Tout le monde connait l'usage d'une tabatière, et comme le dît fort mon exposé, quiconque s'en munit, la regarde sur tout sens, et son œil sur-tout s'attache à la charnière; c'est de même que tout amateur des plaisirs de Priape; avant d'enguainer son instrument dans le canal des grâces, en agit avec une charmante beauté, quand il a le dessein de la foutre. Car, comme, continue encore mon axiôme, le plaisir de baiser vaut bien celui de priser. C'est ce que fit le gentil T......, dans une circonstance, où très-certainement il y avait à regarder à deux fois.

T...... toujours décent, pratiquait les plaisirs de Vénus; ce n'est pas la première fois qu'un grave sénateur quitta les fleurs de lys, où il venait de prononcer sur la destinée d'un malheureux, pour aller s'emparer des appas de sa jolie maîtresse. La justice peut aller de pair avec l'amour ; l'un n'a jamais empêché l'effet de l'autre, à moins que Thémis ne faisant l'office d'une putain, ne vende et prostitue ses faveurs au plus offrant et dernier enchérisseur.

Le gentil T . . . . . éperduement épris pour la Verneuil, gentille courtisanne, qui quoique exploitante au Palais-Royal, n'en était pas moins aimable, voulut en finir et éteindre la passion lascive dont il était embrâsé dans le même creuset qui était l'objet de ses desirs. O Verneuil ! ô T. . . . . . ! Oserai-je, d'une main hardie, tracer aux lecteurs, pour qui j'écris, les tendres mystères que vous célébrâtes ensemble ? Mes descriptions libertines ne vous paraîtront-elles pas trop obscènes ? Non, sans doute ; les jeunes filles Sarmathes dansaient nues aux yeux de la jeunesse Athénienne, sans en rougir ; leur pudeur n'était point allarmée de découvrir leurs tettons, leurs fesses, et tout ce qui s'en suit aux yeux des jeunes voluptueux. C'était ainsi qu'elle trouvait des maris. La tyrannique décence a tout changé ; maintenant une fausse prude rougit en entendant nommer un vit, quand elle soupire après sa possesion ; ô mœurs de mes premiers pères, qu'êtes-vous devenues ?

T....., l'aimable député T....., a l'ame sensible et délicate ; mais pour être sensible et délicat, on n'en est pas moins homme. Je conviens que ces vertus lui servaient de sauve-garde contre l'attrait irrésistible des passions, il se regardait comme un député à l'assemblée nationale, et voilà tout ; au lieu que la majeure partie de ses dignes confrères ajoute à leurs titres de députés nationaux, celui d'envoyés des plaisirs, et ne se font pas plus de scrupule de foutre la femme de leur hôte, que de lancer une motion contradictoire au bien général.

T...... avait donc jetté le regard de la convoitise sur la lubrique Verneuil, comme sur un bien qui appartenait à tout le monde, et qui conséquemment lui appartenait aussi de droit ; il fut donc la trouver, et lui proposa la si douce action au moyen de l'offrande d'usage.

Tenez, mon cher cœur, lui dit cette charmante donzelle ; vous êtes un aimable cavalier, j'en conviens ; vous êtes beau comme Narcisse, je le vois ; vous pouvez foutre comme Hercule, cela peut-être ; mais dans un un commerce aussi furieusement tombé que l'est le nôtre, on ne peut foutre sans intérêt, l'argent est l'ame du plaisir que nous donnons, et quelquefois aussi celle de celui que nous recevons, tu ne saurais t'imaginer, mon bijou, avec quelle ardeur nous remuons les fesses, quand nous sommes bien payées. Tortillemens de reins, lasciveté d'attouchemens, coups de poignets vigoureux ou ralentis, toutes ces différentes gradations de jouissances ont souvent été pour nous l'effet d'une pistole de plus. Ainsi, sans tant discourir, fouille à la poche; encore un écu, et montre-moi ton vit.

Rien de plus juste, ma toute belle, dit T..... à Verneuil; tiens, voici ce que tu me demandes. On s'étonnera peut-être de l'extrême facilité du sénateur à lâcher son argent; mais quel est celui qui ne s'est pas trouvé dans un cas pareil?

En se déboutonnant, et en aveignant son Jean-Chouart, le député voluptueux laissa tomber sa montre; ce cadran de plaisirs indiquait le moment favorable, où il allait jouir. Je ne retarde la narration de ces plaisirs charmans, que pour peindre à mes lecteurs les préludes qui forment le sujet nécessaire de cette anecdote intéressante.

Regarde mon instrument, ajouta le Feuillant T...... à la passionnée Verneuil; savoure d'un œil actif et vigilant ses jolies dépendances; vois les blocs chauds et retroussés dont il est accompagné; mais souffre qu'à mon tour je fasse pareil examen, et qu'autant pour ma sûreté, que pour contenter mes sens, je fasse l'analyse de tes charmes.

Oh! qu'à cela ne tienne, répondit la courtisanne; est-ce le devant ou le derrière que j'offrirai à tes regards passionnés? Tous les deux à la fois, ma mignone. Je puis voir le devant et le derrière, ajuste-toi à ma manière; alors faisant poser la demoiselle Verneuil dans la posture délicieuse où une femme aimable peut présenter la croupe, il la troussa; eh! que vit-il, ô mes amis, partisans zélés de la fouterie! comment peindre ce qu'il vit, le plus beau cul de la terre; non les fesses de Ganimède, la chûte de reins de la Vénus de Médicis, le croupion d'Adonis, n'étaient pas comparables au cul de la Verneuil; aussi le beau T...... s'extasia-t-il en le voyant. Grands

Dieux, quel cul ! qu'il est ferme, qu'il est rond, et qu'il est beau ; oui, sans doute, il est digne de mes hommages. Ah ! ma toute divine, souffre que je le baise, que je l'adore ; tout en proférant ces mots, il appliqua ses lèvres brûlantes sur le postérieur de son incomparable nymphe, et il allait sans doute continuer sa motion éloquente sur ces fesses merveilleuses, quand la voluptueuse, d'un coup de croupion, lui annonça qu'il était tems de procéder au grand œuvre.

Un signal aussi agréable ne pouvait manquer de plaire au galant sénateur. Après donc avoir fait l'examen des appas que contenoit l'énorme fessier de la Verneuil, examiné la tabatière qu'elle montrait, il enfila la route bienheureuse, et se mit à perforer le centre des délices. Les amours présidèrent, sans doute, à cette agréable fonction. La Verneuil fit alors son état, non en garce avérée qui n'a pas plutôt reçu le prix de la prostitution, qu'elle desirait être débarrassée du libertin importun, qui réclame de la marchandise pour son argent ; mais en femme sensuelle et voluptueuse, qui malgré l'intérêt qu'elle retirait de ses faveurs s'abandonnait de bon cœur aux charmes de la jouissance.

Qu'on me blâme, peu m'importe, j'aime la créature, le Ciel me fit pour elle, conséquemment je m'en sers; de tous les droits les plus sacrés, ce sont sans doute ceux de l'homme, et la fouterie entre au nombre de ces droits; revenons au beau, à l'aimable et au judicieux T.......

Après une quantité considérable de coups de cul, fortement allongés, le député retira son allumette du vagin de sa sensible conquête; c'était en levrette qu'il avait forniqué avec la jolie courtisanne, elle crut que cette offrande suffisait; mais en fouteur vigoureux et qui jamais ne désarçonne, essayons, dit-il, d'une autre manière. La complaisante beauté, toujours active, toujours laborieuse, se prêta de bonne grace à cette nouvelle fouterie, et l'heureux mortel la satisfit pleinement.

Ne blâmez pas mon député, il est homme, il fout, rien de plus naturel que cet apôtre de la révolution, passe, s'il lui plaît, ses journées à l'Assemblée nationale, ses nuits au bordel, il en est le maître; ses fouteries et ses motions peuvent être utiles au bien général, et accélérer la constitution.

FOUTERIE DE VILLAGE, OU *Claudinette qui s'y prend par tout les bouts.*

EH ! qu'importe le lieu, le tems ou la manière pour foutre avec plaisirs, il suffit de bander ; le conte suivant fournit une preuve convaincante de cet argument incontestable, et je vais le mettre en action.

Claudinet, jeune villageois d'Arpajon, aimait passionnément Claudinette ; celle-ci de son côté, paraissait sensible aux tendres sentimens de Claudinet ; l'amour avait formé ces deux amans l'un pour l'autre. Claudinet, sous sa blouse villageoise, réunissait les agrémens d'un Adonis de la ville ; la nature l'avait doué de toutes les facultés qui composent un fouteur mâle et vigoureux ; il n'avait pas l'éloquence de nos petits-maîtres ; il ignorait l'art imposteur de débiter la fleurette ; mais il avait un vit pour la jouissance duquel, toutes les duchesses douairières de la capitale auraient formé des vœux, surtout dans le siècle où nous sommes, ou dans ce qu'on appelle la classe des femmes galantes de qualité ; vit ferme et rubicond est un passe-partout pour arriver à l'opulence, et couilles velues et retroussées sont les creusets d'un vrai mérite. En effet, ce membre souverain n'est-il pas le plus puissant des argumens auprès d'une femme libertine et passionnée qui se consume en desirs brulans pour la chose et qui se soucie fort peu du mot. J'en ai pour garant le trait historique que je vais citer en passant, avant que d'en venir à mes héros de village.

Le Bailly de Vignacourt, prieur de l'ordre de Malthe et possesseur du joli pavillon Malthois, sis rue Saint-Sébastien, près le Pont-aux-Choux, faisait, depuis long-tems, une cour assidue à madame de Rohan-Chabot, demeurant à la Place-Royale, cette femme impétueuse et lascive tout aussi connue par sa naissance, que par la lubricité de ses mœurs, n'aurait point, à-coup-sûr rejetté ses hommages, si d'abord il s'y fut pris de la manière dont il conclut ses affaires auprès d'elle. Vingt fois il essaya de lui peindre son douloureux martyre ; mais vingt fois, comme il était bègue, sa parole expira sur ses lèvres.

Un jour, que profitant de la permission qu'il avait d'entrer à toute heure et dans les endroits les plus secrets de l'appartement de la ribaude de Chabot, il pénétra jusques dans son cabinet de toilette, dans un de ces momens où une femme, telle qu'elle soit, n'est pas fâchée d'être surprise ; la déesse de ce sanctuaire voluptueux, pour procéder à une toilette complette, était dans le costume de madame Eve, à l'instant où le serpent tentateur lui avait insinué dans le vagin le bout de sa queue, et lui avait donné des notions directe des plaisirs charnels, conséquemment elle était nue ; elle découvrait donc aux yeux du bailly de Vignacourt une gorge d'albâtre, ferme, quoique élastique ; une moniche enchanteresse, et tous ces jolis brimborions qui tournent ordinairement la tête des hommes les plus sages et les plus indifférens.

Suivant son importune coutume, il s'apprêtait déjà à faire un éloge magnifique de la fermeté des cuisses et des tettons de la dame de Chabot, et des autres appas qui s'offraient à ses regards, quand le génie de la lubricité l'inspira, et alors il se dit à lui-même : imbécile, tu veux parler, et la nature ingrate pour toi, au moins sur ce chapitre, t'a refusé le don de l'éloquence ; mais n'as-tu pas un vit. Eh ! morbleu, fais-en ton interprète ; d'après cette courte consultation, il tira de sa culotte un engin énorme, puis il balbutia ce peu de mots. Incomparable, je vous adore, je bande pour vous depuis long-tems,

Et sans vous arrêter à des discours frivoles,
Convenez que mon vit vaut mieux que des paroles.

La harangue fit son effet ; si l'éloquence parabolique du bailly de Vignacourt, lui avait fait faux-bon en maintes occasions, son vit répara sa gloire. Je tire le rideau sur cette scène de plaisirs que je ne viens de citer que pour prouver qu'un vit de bon alloy est suffisant pour désarmer l'orgueilleuse ; la fière, la prude et la bigotte, et que cinq pouces de cet instrument, mis en exhibition, avancent mieux les affaires d'un fouteur auprès d'une femme aimable et passionnée sur cet article, que toutes les fleurs de rhétorique de nos académiciens. Je reviens maintenant à Claudine et à Claudinet.

Ce rustre frais et gaillard, ne voyait point passer Claudinette dans le village, qu'aussitôt son vit ne se redressât. Ce symptome est tout aussi compréhensible pour un paysan, que pour un citadin. Alors échauffé dans son harnois, l'égrillard villageois se disait à part lui, morgué, qu'elle est gentrouillette; qu'elle a la jambe fine; avec quel plaisir je baiserais ces jolies pommes de rainette qu'elle a sur l'estomach; quel cul une fille comme-ça doit vous avoir; quelles hanches. Il faut observer que Claudine portait le plus ordinairement un juste étroit, et parfaitement serré, un cotte très-courte de flanelle, de manière qu'il était impossible qu'elle se baissât pour travailler aux champs, sans exposer aux yeux des curieux qui se trouvaient derrière elle, des cuisses blanches et éblouissantes, indices parfaits des trésors qui se trouvaient au-dessus.

Je laisse à penser si Claudinet qui n'avait que la plus imparfaite idée d'un con, et qui avait encore son pucelage, bandait en voyant seulement la jarretière de Claudinette; la paysanne qui n'y entendait pas malice, ne prenait aucun soin de voiler ses robustes appas, l'innocence des premiers tems règnait encore en elle, et cependant elle était de complexion amoureuse; il y avait des momens où la chaleur interne de son conin était embrâsé, lui faisait desirer de s'approximer avec Claudinet, qu'elle préférait à tout autre garçon du village; mais elle craignait l'infanterie; ce n'était pas la fouterie qui lui faisait peur; mais les enfans; qu'auraient dit les pères et mères, les envieuses, et pardessus tout monsieur le curé, qui, quoique fabriquant en secret de petits populos à une jeune et charmante nièce qu'il avait, n'aurait pas manqué de condamner Claudinette, et le fruit de ses embrassemens voluptueux au feu éternel, à la suite d'un prône bêtement rustique; mais capable d'effrayer maints esprits villageois.

Claudinette se tenait donc sur la réserve; mais elle desirait; son sang enflammé la faisait soupirer pour le fruit défendu, et fille qui desire ardemment et qui soupire, ne tarde pas à en découdre; c'est directement ce qui arriva à nos jeunes et empressés campagnards.

Claudinet ne rencontrait pas de fois Claudine qu'il ne lui appliquât sur la bouche le plus vigoureux des baisers. Claudine se défendait ; mais de cette manière qui redouble la hardiesse de l'assaillant, et qui semble lui dire, finissez donc ; mais faites toujours. A ce jeu l'apprentif est bientôt maître ; Claudinet chiffonnait avec sa langue, Claudine le mordait ; il glissait ses doigts libertins dans le corset de sa belle, il lui prenait les tettons ; Claudine, encore toute neuve, et point blâsée sur l'excès des jouissances, déchargeait sans doute ; mais ce n'était pas là le *tu autem*. Tous les deux desiraient foutre, et tous les deux ne savaient comment s'y prendre.

Au tems de la moisson, saison propice aux amans, et où la nature se plaît à échauffer les êtres, qui, d'un bras infatigable, récoltent les productions de la terre ; Claudinet cherchant à se soustraire aux rayons du Soleil, se reposa auprès d'une haie ; il s'était dérobé à la chaleur de Phébus ; mais le desir de la jouissance l'avait suivi jusques dans cette retraite. Mille réflexions amoureuses dominaient son imagination ; il se croyait sans témoin, et par conséquent se laissait aller à toutes les idées que sa passion pour Claudine pouvait lui inspirer ; il se retraçait ses tettons, sa jambe fine et déliée, ses cuisses fermes et robustes, et tout en faisant cette analyse idéale, son membre viril prenait la forme, la grosseur, la roideur d'une pine d'élu, non de ces élus de la municipalité Parisienne; mais bien de ces êtres bandans et privilégiés que l'amour et la nature admettent à l'élection.

Il le tira de sa culotte, et la nature continuant ses leçons, lui apprit l'usage qu'il en devait faire, et à pelotter en attendant partie. Claudinet se branla donc; mais tandis qu'il secoue son nerf érecteur rejoignons Claudinette, qui glanant dans le champ du fermier du château, écoutait en se moquant les protestations ridicules du magister du lieu; Thomas, ainsi se nommait ce *magister*, déplaisait autant à Claudinette, que Claudinet lui tenait au cœur; ce Ciceron de village avait déjà, sans succès, appréhendé au corps sa dulcinée campagnarde, sans en avoir pu jouir; il venait de faire encore une tentative inutile, quand Claudinette se sauvant de ses poursuites arriva juste à l'endroit où Claudinet se branlait en pensant à sa bien-aimée.

Il est des besoins naturels à satisfaire; Claudine avait envie de pisser, elle ne se croyait pas suivie par le magister Thomas; ainsi donc elle entra dans le clos où s'était réfugié Claudinet, qui, comme je l'ai dit, se branlait, en attendant mieux; Thomas se glissa derrière la haie, et observa ce que je vais rapporter; et ce qu'il prit pour effet médité ce qui n'était qu'un effet du hasard.

Claudinette se croyant seule, et voulant vaquer au besoin urinal qu'elle ressentait, se troussa avec soin pour ne point éclabousser son cotteron, et sans s'embarrasser des yeux surveillans de Thomas le magister, et des yeux de Claudinet qui s'occupait au même endroit à se gratter la roupette en l'honneur de sa tendre amie; elle guinda cottes et chemise au haut de ses hanches, et se mit à pissser.

Claudinet l'apperçut; bon, s'écria-t-il, c'est mon bon Ange qui me l'envoie; en tapinois il s'approcha de sa belle, et sans lui donner le tems de se rajuster, il la saisit au ventre. De quel étonnement ne fut-il pas saisi en reconnoissant que Claudinette était garnie jusqu'au nombril d'une bonne quantité de poils noirs et épais; en femme qui desire la chose, mais qui paraît vouloir s'y opposer, Claudinette se retourne et dit à Claudinet qui l'enconne : par la sangoi, t'as donc la rage au cul, laisse-moi. Non par la figué, repart le fouteur villageois, j'y suis. Eh ! par la morguenne il faut qu'il y entre ; Claudinette ne demandait pas mieux, mais pour la forme il fallait qu'elle se défendît, et tout en se défendant, elle agissait si bien du croupion, qu'elle n'en facilita que mieux l'affaire ; cependant Claudinet, expéditif, avança la besogne, ... Que fais-tu donc, dit Claudinette ? j'avance ..... j'enfonce. Ah ! vas plus vite ..... d'accord ..... mais Je décharge à la porte.

Le magister Thomas, témoin de ces transports, ne manqua pas d'en rendre compte ; que s'en suivit-il ? On maria Claudinet et Claudinette ; Claudinette foutit toujours, c'est la devise des femmes. Claudinet fut cocu au village comme à la ville ; c'est un mal qui se gagne.

AMOR EST FRUCTUS NATURÆ.

Eh, qu'importe le lieu, le temps ou la maniere,
Pour ſoutre avec plaiſir, il ſuffit de bander ;
Qu'on ſoute par devant, qu'on ſoute derriére.
Qui trouve un joli Con ne doit pas marchander.
Seul, tapis à l'écart, ſongeant à Claudinette,
Notre bon Claudinet ſe grattoit la Roupette.
Se croyant ſans témoin,
Il allongeoit un Vit qui n'etoit court ni mince ;
Très ſouvent un Butor est plus heureux qu'un Prince
Claudine, pour piſſer, vient, ſe trouſſe avec ſoin :
Mais, ſans être apperçu, zest, Claudinet ſ'avance ;
Il va porter cinq doigts ſous un ventre velu,
Et promptement y joint une pine d'élu :
Elle veut ſe tourner, = Morguenne, en diligence !
= Attends donc : = A l'instant. =
Tas Lucifer au cul ! = oui le Diable m'emporte !
= Fais le donc joliment . . . .
= Eh, vite . . . . jarnigoi ! . . . . je décharge à la Porte !

AMOR EST FRUCTUS NATURAE.

CANTATILLE PASTORALE,

Air : *Ecoutez l'aventure.*

CHACUN sait qu'au village
Plus d'un galant courtois,
Pour foutre, à l'avantage
Sur de riches bourgeois,
Je veux de Claudinet
Raconter l'aventure.
Qui unit à souhait
L'amour et la nature.
Qu'importe la manière
Quand on sait bien bander,
Par devant, par derriére,
Eh ! doit-on marchander ?
Hélas ! ainsi disoit
Claudinette la Belle,
A qui fort déplaisait,
D'être encore pucelle.
Pensant à Claudinette,
Se croyant sans témoin,
De gratter sa roupette,
Claudinet prenait soin.

Il allongeait un vit,
Ni trop court ni trop mince,
Claudinette en sourit,
Voyant ce vit de prince.

En cette circonstance,
Feignant quelque besoin,
Claudinette s'avance,
Et se trousser en un coin.
Claudinet sur le champ
S'approche par derrière,
Et d'un air touchant
Empaumer la bergère.

Posant sa main blanchette,
Sur son ventre reclus
Lui dit ma Claudinette,
Cette pine d'élu,
Se redresse en ce jour
Pour être ton partage,
Reçois-là mon amour,
Dans ta bien jolie cage.

Eh! vîte en diligence,
Mets-le moi mon amant,
Je me pâme d'avance,
Dieux quel heureux instant,
Ah! que tu t'y prends mal,
Que fais-tu de la sorte,
Oh! le sot animal,
Il décharge à la porte.

LA DOUBLE DOULEUR, OU *La Nymphe de Diane et l'Amour.*

ALLÉGORIE VOLUPTUEUSE.

DIANE fut de tout tems l'ennemie des plaisirs de l'Amour; il n'y eut que le bel Endymion qui parvint à vaincre cette humeur sauvage et cette rudesse ; je vais remettre cette fable sous les yeux de mes lecteurs, afin de les disposer à s'occuper de l'anecdote qui forme le sujet du tableau voluptueux que je destine à son examen.

Diane ne pensait qu'à chasser de forêts en forêts les bêtes fauves, pendant que tous les Dieux de l'Olympe, dépouillant leur divinité, s'étaient fait hommes pour foutre de simples mortelles ; ainsi fit le Nazaréen, fils putatif de Joseph, qui, dans la légende sacrée, obtint un brevet de cocu par l'opération du Saint-Esprit. Ce juif adroit, ce législateur habile, entr'autres tours de gibecière, fit un miracle bien propice aux marchands de vins, à l'époque des nôces de Cana, et jetta, par ce moyen, les premiers fondemens de la fortune des cabaretiers français (1). Puis couvert de son enveloppe terrestre, il prouva à ses contemporains que le fils de la divinité ne s'était pas fait homme pour des prunes; et pour donner plus d'abaissement à sa grandeur, il adopta toutes les faiblesses de l'humanité; il se courba sous le joug des passions; et dans le nombre des sept péchés capitaux, il choisit la luxure, comme son inclination favorite, ce fut en conséquence qu'il foutit Marie-Magdelaine, connue dans la chronique sainte pour la putain du paradis. Son indulgence pour les femmes adultères était de même un témoignage authentique de l'obscurité de sa naissance, et très-sûrement lorsque la débordée Galiléenne lui fut présentée, il pensait aux cornes qui ombragaient le front du charpentier Joseph, son bon papa Cornard,

---

(1) C'était une grande prévoyance de la part de J. C. que de changer l'eau en vin.

quand il dit aux Pharisiens, ces paroles sublimes.

Voilà bien du bruit pour rien, pourquoi tant vous formaliser? Dans l'événement qui excite ici votre indignation, je ne vois qu'un cocu de plus; faut-il pour cela tant crier à l'anathême? Que le plus sage d'entre vous, que celui qui n'a pas baisé la femme de son prochain lui jette la première pierre. On fut effrayé du ton avec lequel le bâtard de la soi-disante Vierge Marie prononça ces paroles. Pas un d'eux n'arma ses mains du caillou meurtrier; ainsi donc les cocus étaient aussi communs à Jérusalem que dans Paris.

Mais laissons là les fables du catholicisme pour nous occuper de la mythologie païenne qui doit insensiblement m'amener à mon allégorie. J'ai donc dit que les Dieux de l'Olympe s'étaient travestis en hommes pour foutre les cons ou les culs que Promethée avait transplantés sur la terre. Jupiter, pour remplir la vaste conasse d'Europe, s'était muni d'un vit de taureau, pour chatouiller le clitoris de Léda; il s'était servi du léger engin d'un cigne pour fourrager le con d'Antiope, il avait mis en usage le vit d'un satyre;

et pour foutrailler Sémelé, il avait embrâsé ses couilles divines du feu de sa divinité; enfin, pour chatouiller le croquant de Calisto, il avait emprunté la forme et le doigt de Diane la branleuse; et pour foutre Alcmène, il prit la figure et le vit d'Amphytrion, et de cette conjonction naquit Hercule qui foutait cent femmes, détruisait les brigands, baisait, pillait, étouffait tous les monstres nuisibles avec autant de facilité que j'en trouve à citer ces traits sacrés et prophanes.

Apollon foutait Daphné; Mercure, le maquereau des Dieux, et le patron des marchands et des voleurs, foutait tout ce qu'il rencontrait. Tout l'Olympe foutait; il n'est donc pas étonnant qu'une desNymphes de Diane se laissât prendre le cul par l'Amour; tout est dans l'ordre.

Iris était le nom de cette Nymphe. Un jour qu'égarée dans un bosquet solitaire, sans autres vêtemens que ceux que la simple nature permet à ses sectataires fidèles, c'est-à-dire, sans chemise et sans voile; elle errait auprès d'un buisson de roses. Ne craignant pas les incursions de quelque nouvel Endymion, elle n'apportoit aucun soin à cacher ses appas, et découvrait inutilement les plus beaux tettons du monde, fermes et élastiques ; une jambe fine et déliée, dont Zeuxis lui-même eût eu peine à peindre les proportions, une cuisse arrondie et ravissante, et une motte charmante, garnie d'un léger duvet, qui ombrageait un conin vermeil, dont le coloris agréable surpassait celui des roses qu'Iris avait devant les yeux, et qu'elle brûloit de cueillir. Le poil frisoté qu'Iris portait à sa moniche, avait l'air d'y avoir été plutôt planté pour l'ornement du sanctuaire de Vénus, que pour en défendre l'approche.

Ce bijou précieux, ce conin que la nature avoit mis au nombre de ses merveilles, ne devait pas être la proie d'un simple mortel ; un Dieu s'en était réservé la conquête, et l'Amour lui-même s'était résolu de croquer ce délicieux pucelage. Il apparut donc à Iris dans le moment que se baissant pour cueillir des roses, elle offrait sans précaution la vue d'un cul mignon, et le but flatteur où cet enfant libertin avait dessein d'atteindre.

Que faites-vous donc Iris, dit l'Amour à la Nymphe jolie, ignorez-vous que ces roses me sont consacrées et avez-vous pu penser que je vous les laissasse cueillir sans exiger d'en cueillir une à mon tour, qui forme toute mon ambition, et excite aux desirs depuis long-tems. Le discours de l'Amour fut une énigme pour la Nymphe; aussi y répondit-elle avec toute l'innocence d'une novice, dont les sens ne sont point encore enflammés, et qui ignore le but d'une semblable demande. Jeune enfant, dit-elle à ce Dieu, je ne sais pas quelle est la rose que vous paraissez desirer avec tant d'ardeur; mais telle qu'elle soit, je n'ai rien à refuser à l'Amour; cueillez donc de votre côté cette fleur que vous recherchez, tandis que je m'empresse à moissonner sur leurs tiges celles-ci qui périraient sans doute sans qu'on en ait la jouissance. Iris ne savait pas que la rose enviée par l'Amour, ressemblait à celles dont elle parlait, et que le rosier des amans portait une fleur épanouie, dont la jouissance desirable devait être dans peu le partage du fils de Vénus.

Muni de cette permission, l'Amour n'attendit plus que le moment propice d'entrer dans ses fonctions, et l'occasion favorable d'instruire Iris sur la nature des plaisirs qu'il procurait ordinairement à la nature entière. En attendant cet instant fortuné, l'enfant aîlé, appuyé sur son arc, contemplait le cul d'Iris, qui se haussant et s'abaissant, suivant les mouvemens qu'elle se donnait pour arracher des roses, tantôt découvrait son conin et sa jolie motte, appas divins, bien capables de fixer les hommages des rois de la terre.

Soit à Paphos, soit à Cythère, ou dans les bosquets d'Idalie, l'Amour avait sans doute bien vu des culs ; il avait apperçu celui de Vénus sa mère, dans ce moment voluptueux où le dieu Mars, épris d'ardeur pour la reine des plaisirs, le couvrait de baisers, et formait de ce cul divin l'objet de son culte et de ses adorations ; il avait de même contemplé le con de cette déesse dans l'instant où le jeune et charmant Adonis avait cocufié Vulcain pour la millième fois. Le conin de Psyché avait aussi captivé l'Amour, et on l'avait vu souvent folâtrer auprès du cul des trois Grâces ; mais, selon lui, rien n'était comparable à celui d'Iris ; il en convoitait donc la jouissance, et n'aspirait qu'à ce moment desiré.

Au moment où la Nymphe chérie de Diane mettait sa jolie main sur une rose, une épine la piqua vivement; l'amour saisit cet instant pour s'emparer du con d'Iris, et y glissa ses petits doigts badins; trop occupée de sa blessure, elle ne fit pas d'abord attention à la douleur tout-à-la-fois cruelle et voluptueuse, que l'amour faisait éprouver à son conin, où rien encore ne s'était introduit. Ce ne fut que revenue à elle, qu'elle commença à jouir de l'émotion produite par le ravage que le doigt de Cupidon faisait à son as de pique (1). En un instant cette délicieuse sensation l'éclaira sur le mystère de la rose dont l'Amour lui avait parlé. Ah! fripon, dit-elle à ce Dieu, en poussant un soupir et se laissant tomber sur le gazon; la voilà donc cette rose que tu prétends me ravir.... elle est pour toi sans épine....

(1) J'ai connu une courtisanne ainsi surnommée, à cause de la singularité de sa construcrion, elle avait sans doute un aussi beau cul que celui d'Iris, mais elle était extrêmement blonde, et la natnre bisarre avait teint en couleur, aussi noir que l'ébeine, le poil de sa motte, de manière que ce n'était pas sans raison qu'on l'a nommoit l'as de pique.

à qui puis-je mieux en faire hommage qu'à l'Amour .... non, ne crois pas que je t'en prive ; au contraire, hâte-toi de la cueillir .... Je t'en fais le sacrifice. L'amour, tout enfant qu'il était, opéra donc en faveur d'Iris le plus agréable des mystères, et sur les mêmes roses qu'elle était venue cueillir, ce Dieu lui prit la sienne. Un Hercule eut donc été mieux le fait de cette charmante Nymphe; il n'était pas à présumer que le fils de Cypris fût pourvu d'une arme bien redoutable, et le vit d'un Cupidon ne devait pas valoir à coup sûr le vit d'un homme d'âge mûr ; mais Iris était pucelle ; les travaux de l'Amour lui donnaient les premières notions du plaisir, et d'ailleurs, tel petit que soit l'instrument foutatif d'un Dieu, il l'emportera toujours, par les charmes de la fouterie, sur un simple mortel ; en cas pareil, l'Amour peut bien opérer des prodiges ; il en opéra donc, car Iris se pâmait sur le gazon, et cet acte délicieux ne fut pas plutôt consommé, qu'elle supplia l'Amour de recommencer. Elle en mourait d'impatience ; ses mouvemens lascifs, ses baisers enflammés, tout en elle peignait le desir ; mais cette fois il n'y eut pas moyen, et l'Amour tint ce langage à Iris. Ce que vous me demandez, aimable compagne de Diane, n'est pas en mon pouvoir, tout Dieu que je suis, je dois proportionner mes exploits à ma taille; mais consolez-vous, en attendant l'amant favorisé que je vous destine; je vais vous faire présent d'un instrument propre à assouvir l'ardeur qui vous consume : disant ces paroles, il tira de son carquois une flèche dont la forme était celle d'un vit ferme et long, puis le présentant à Iris, il s'envola malicieusement sans lui en enseigner l'usage. La nature, cette sage institutrice, eut pitié de son embarras, elle inspira son cœur et ses sens, et la Nymphe aussitôt introduisit ce meuble utile dans son conin; à la place de l'engin mignon de l'Amour. Enchantée de la grosseur et de la longueur de celui-ci. Iris se pâma, et tout en déchargeant elle s'écria : Amour ! tendre Amour, pardonne-moi cette infidélité; mais comment y résister ? Pour te venger, revêts-toi de cette forme, et viens dans mes bras expirer de plaisir.

LE BAROMÈTRE, OU

Les caprices amoureux du Médecin G . . . , député de l'Assemblée nationale, et de la demoiselle M . . . . . , Catin bourgeoise de la rue des Fossés-Monsieur-le-Prince.

Vous voici, ainsi que moi, mon cher lecteur, transporté à l'assemblée nationale, non pour y entendre de superbes motions ; mais pour nous y amuser aux dépens de certains graves députés qui connaissent merveilleusement bien l'art précieux de réunir l'utile à l'agréable ; pédagogues insupportables à la tribune, insidieux politiques dans la discussion d'un décret ; sibarites voluptueux dans les événemens de leur vie privée, et libertins avec ivresse et passion dans les têtes-à-têtes que la brutalité des sens leur fait rechercher avec ardeur.

Au nombre de ces têtes exaltées qui nous

enivrent de leur prétendu patriotisme, on distingue le médecin G. . . . ., qui marchant sur les traces du fameux Printems, a gagné maints beaux écus, en inspectant les urines des soi-disant pucelles et des vieilles contesses lubriques et passionnées, célèbres par leurs écarts scandaleux et par leurs conférences intimes avec le messagers des Dieux; car il ne faut pas s'imaginer que la vérole ne soit uniquement que du ressort des prostituées publiques; ce mal américain que Christophe Colomb mit au nombre de ses découvertes, ne respecte ni rang, ni qualité, et en France sur-tout, il fit autant de ravages parmi les têtes couronnées et les princes du sang royal, que parmi les dévergondées qui exploitent dans les taudions de la capitale, ou qui s'occupent à branler des engins dans les décombres des édifices publics.

Quoi qu'un médecin connaisse parfaitement tous les dangers que ce poison infect traîne à sa suite, la facilité qu'il possède de la guérison, et l'infaillibilité du jus de baromètre lui fait affronter le péril, et j'ai presque autant vu de disciples avoir recours aux fourneaux de Saint-Côme, pour leur propre compte que pour ceux de leurs pratiques.

Si le médecin G....., aussi présomptueux qu'un greffier de tribunal d'arrondissement qui se croit pour le moins aussi sage que Licurgue, et aussi éclairé que Solon, passe dans les rues pour se rendre au manége des Tuileries, et y augmenter le nombre des animaux à deux pieds qui y figurent; à sa démarche compassée, à sa tournure empesée, il n'est nulle personne qui ne le prit pour un de ces robinocrates travestis, qui garnissaient autrefois les fleurs de lys de la grande-chambre, et qui maintenant, sous une autre forme, sont à l'assemblée nationale les perturbateurs de l'ordre social.

Si cet assassin public traverse les ponts pour se rendre au faubourg Saint-Germain, oh! c'est bien différent, ce n'est plus une contenance taciturne qu'on remarque en lui, c'est un air de satisfaction et de contentement de lui-même; alors ceux qui le connaissent, jugent que le petit député est précisément en route pour aller dépêcher un moribond, et l'envoyer dans l'autre monde, en vertu de ses ordonnances; car qui peut ignorer que c'est sur la casse, la rhubarbe et le séné qu'il a fondé sa cuisine, et que les pillules antivénériennes ont fondé ses revenus. Cependant cette croyance serait en défaut ; non, ce n'est pas au chevet d'un agonisant que le charlatan national tourne ses pas, c'est au contraire près du lit d'une bonne vivante gaillarde, s'il en fut, débauchée par goût, lubrique par tempérament, dissolue par principes, et qui ranimerait les forces d'un septuagénaire en mettant en usage les ressources du putanisme, qui dans tous les tems furent de sa compétence. Y pensez-vous, me dira-t-on ? quoi, M. le docteur G..... irait au bordel ? Eh ! pourquoi non, tout comme un autre ? Mais j'observe aux moralistes partisans de cet empiryque, que mon anecdote pourrait formaliser, que ce ratichon médecinal ne compromet point sa gravité, ni sa perruque adonisée et poudrée à blanc dans un des repaires de la débauche, à la porte duquel se trouve ordinairement un satellite féminin, la gorge nue, qui aborde le premier passant d'un air luxurieux et hardi, et lui dit effrontément : mon chou, veux-tu monter chez moi, je te promets, foi d'honnête putain, de te donner bien du plaisir ; viens mon cœur, viens mon bijou, tu seras content ; j'ai un gros cul, de gros tettons, une motte bien garnie, et par-dessus tout, je suis bien complaisante. Non, ce n'est pas un de ces taudis que va visiter G..... ce noir corbeau de la mort; eh ! où va-t-il donc ? chez sa maîtresse, continuera-t-on. Eh ! bien oui, chez sa maîtresse, chez la maîtresse à tout le monde. Comme je m'apperçois ici que je redouble l'embarras de mes lecteurs, et que je captive leur attention, je vais promptement leur donner le mot de l'énigme.

Dans cette capitale, image fidelle de l'ancienne Babilonne, où tous les vices sont en règne, et où les plaisirs croissent à vue d'œil, tout aussi bien que la misère. Le putanisme et la prostitution se divisent en quatre classes, et on compte, trois sortes de bordels privilégiés qui ne différent que par la forme aux bordels déposés à chaque coin de rue de cette grande ville. Putains de qualité; putains bourgeoises; putains marchandes; font les honneurs de ces trois premiers bordels; les quatrièmes sont sans ambiguité, et à tous venus beau jeu.

C'est donc dans un de ces trois premiers bordels que je viens de citer, que le médecin G.... s'achemine; ce n'est point chez une putain de qualité, il est trop avare et trop lésineux pour se soumettre au tarif imposé par la grandeur ; d'ailleurs son habit sépulchral et provoquant l'effet de la décoction, ne peut qu'effaroucher les plaisirs de condition, et je suis à cet égard de ce sentiment. Oui, si j'étais fille, et qu'un grave Hypocrate vienne en perruque quarrée et en vêtemens de deuil pour me le poser, à coup sûr, sa décoration sinistre me déplairait tellement, que je n'aurais plus pour lui que demie-complaisances ; et si malheureusement il avait besoin du secours des verges pour restaurer sa vigueur et faire guider son outil de mauvais présage, je me vengerais très-certainement, et de la bonne manière, sur son flasque postérieur, de la tournure pédantesque de son faible et mol individu.

Mais, encore un coup, monsieur le narrateur, pourquoi tant tourner au tour du pot, pour nous apprendre que le médecin G.... va au fauxbourg Saint-Germain pour foutre un con ; que ce con n'est point au nombre de ces bannals, qui bordent les croisées du quartier Saint-Honoré et de plusieurs autres. Venez au fait, et nommez-nous l'incomparable courtisanne, qui, sous le *décorum* de l'honnêteté, l'honnête fornique avec ce paillard député : Volontiers, voilà que j'y suis.

Rue des Fossés-Monsieur-le-Prince, près le Théâtre-Français, n°. 11, est une putain bourgeoise de la seconde classe, nommée M......, belle voluptueuse et de bonne composition, point de desirs auxquels elle ne se prête pour contenter les fouteurs discrets qui l'honorent de leurs séances, et qui la gratifient de leur argent. Cul, con, tettons, sa science et sa lubricité sont de nature, que, sans s'exposer à aucun événement fâcheux, elle dirait volontiers à ses chalans : si vous n'êtes pas content, reprenez votre offrande ; en effet, elle a la croupe la plus mobile et la charnière la plus obéissante qui puisse se rencontrer sous le cotillon de la courtisanne la plus experte. Fouterie paresseuse, fouterie en brouette, fouterie renversée, enfin, fouteries de tous genres ; elle n'ignore rien.

La demoiselle M...... vit avec un certain oncle qui ne l'est pas plus que moi, et qui lui a donné toutes les leçons qu'elle met aujourd'hui si heureusement en pratique. Cet oncle prétendu la fout à ses momens perdus ; il n'y a pas de mal, combien de cousins ou de beau-freres font dans le monde le même office. C'est une belle couverture qu'un parent de ce genre.

C'est enfin chez la demoiselle M....... que le petit député va se délasser de la fatigue des séances nationales, et de l'ennui d'ordonner des sels spiritueux et des apozèmes. C'est dans ce demi-bordel honnête qu'il fout régulièrement tous les mardis de chaque semaine, à raison de douze livres par séance, et de vingt-quatre sous pour la chambrière; c'est un prix fait en été comme en hyver, et ce n'est ma foi pas trop cher.

Il me reste donc à décrire la manière dont s'y prend le fouteur si savant, d'envoyer les humains *ad patres*; avec sa beauté citoyenne, aussi-tôt qu'il arrive, ne croyez pas qu'en ribaud vif et sémillant il saute à l'abordage, et que se débarrassant de la physionomie austère qu'il est obligé d'afficher par les chemins, il voltige en papillon auprès du cul de sa belle. Oh! que non pas; c'est toujours le même homme, sortant de se livrer à ses plaisirs, une boucle dérangée de sa perruque doctorale, lui causerait des vapeurs, et le ferait tomber en syncope; il faut donc que sa fouteuse redouble de complaisance, et sur cet article, il faut admirer sa résignation et sa patience.

Le plus souvent, après quelques phrases sentimentales, le monsieur qui ne bande pas toujours à propos, pour provoquer en lui l'érection, réclame les secours que lui administre ordinairement la main officieuse de sa dulcinée bourgeoise, qui pour branler un vieux fouailleur eut en son tems damé le pion à la Montigny, à la Dumas, à Henriette Poissy, à la Gourdan et à toutes les putains du tems passé, dans celui-ci même elle surpasse le poignet léger de Blondy, de Delaunay et autres courtisannes publiques et renommées.

Ainsi donc, d'une main habile, faisant sauter les boutons qui cadenassent le magasin d'impuretés du médecin G . . . . ., elle empoigne un vit glacé, qu'elle secoue graduellement à l'effet de pomper les esprits vitaux de la doctrine épuisée de monsieur le docteur; de l'autre, elle se saisit des témoins testiculaires du fouteur affaibli, et jouant de l'épinette avec grace et dextérité, elle branlotte l'un et l'autre, jusqu'à ce que des signes incontestables de vigueur témoignent qu'il est tems d'ouvrir boutique et de se mettre en chantier.

Si ce moyen ne réussit pas, il est d'autres ressources à mettre en œuvre, et que la fouterie enseigne ; comme la demoiselle M,..... ne les ignore pas, elle s'y applique avec ardeur, et au moment où monsieur le médecin commence à peine à bander, sa travailleuse, d'un doigt ferme, s'introduit dans son anus, et lui insinue le postillon, non celui de Calais, qui ne rend compte que de la séance du soir ; mais le postillon courier du plaisir qui peut se planter à toute heure.

Ne vous imaginez pas que je vais vous peindre le médecin ribaud se vautrant ensuite sur sa fouteuse, et déranger dans ses bras l'économie de sa perruque magistrale. Point ; ce n'est même qu'avec peine qu'il se résout à quitter sa canne à bec de corbin ; il veut foutre, à la vérité, mais sans se déranger. Que fait donc la putain bourgeoise, pour obvier à cet inconvénient ? Elle se retourne, se trousse, montre le fessier dont l'aimable nature l'a pourvue, le docteur sans quitter son chapeau de dessous son bras, enfile la route de la félicité, et sans quitter les yeux de dessus le baromètre déposé sur la muraille, il fout gravement en levrette sa lubrique monture, qui remue le croupion avec célérité, pour faciliter une décharge des plus complettes.

Roulant les yeux comme un démon qu'on exorcise, le médecin député acheve la besogne, renguaîne son outil; après l'ablution de la cuvette, paye, s'enva, et revient le mardi d'ensuite; c'est ainsi que la plupart des têtes à perruque foutent sans se gêner. Si les plaisirs sont moins vifs, au moins cet ordinaire réglé à ses commodités.

DUO CESARIES.

COMPLAINTE PLUS QUE GAIE.

Air : *Madelaine à bon droit passa.*

AMIS, je veux vous enseigner
Une bien drôle d'aventure,
D'un fouteur qui pour dégaîner
Prenait le compas, la mesure.
Ce vieux paillard dans son accès
A sans succès,
A sans succès,
Près d'un con perdu son procès.

Pourtant pour en venir à bout,
Il voulut le mettre en levrette ;
Il importe peu quand on fout,
Mais très-molle était sa roupette,
Bien plaisant était le chemin,
Mais le vilain,
Mais le vilain,
La fit attendre au lendemain.

Qui ne rirait en ce moment
En voyant un sexagénaire
Vouloir en langoureux amant,
Enfiler un joli derrière,

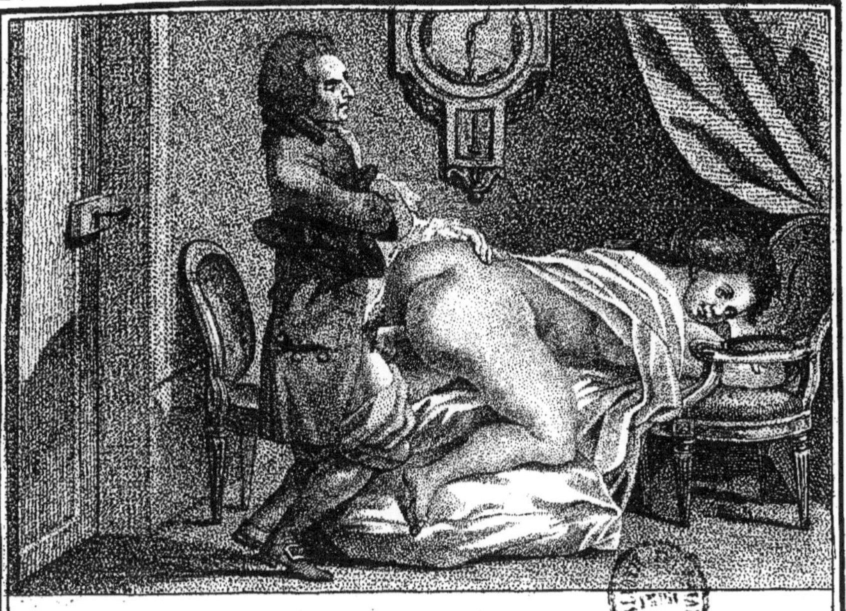

DUO CESARIES.

Le barometre est-il mis là pour rien ? —
Non parbleu ! — Pourquoi donc ? — Vous le devinez bien.
Le Graveur près du mal a placé le remède.
Me comprenez-vous ? — Non — Il faut que je vous aide
Oronte va gâgner ce mal amériquain
Que la Gourdan vendoit à son prochain :
Le remede à ce mal qui rend l'homme si pietre,
C'est, comme vous savez, le jus de barometre.
Mais Oronte, en baisant ainsi cahin caha,
Mérite bien ce bobo-là.
Voyez comme il y va par compas et mesure.
Va-t-on donc à Cythere en ayant cette allure ?
Voici pour quel sujet il y va de ce train.
A ta perruque, Iris, il veut mettre un boudin :
Mais en voulant ainsi parer la tienne,
Ce froid baiseur
A, je crois, peur
De défriser la sienne

Tout à son aise et sans façon,
Quand un beau con,
Quand un beau con,
Lui donne la route et le ton.

Je vois qu'il faudra, mon bijou,
Que Lise s'empresse à votre aide,
Sur-tout voulant que son bijou
A sa chaleur trouve un remède,
Car vous allez cahin, caha,
Dans ce lieu là,
Dans ce lieu là,
Doit-on foutre comme cela.

Prenez garde, beau médecin,
De défriser votre perruque,
En commettant un tel larcin,
Posez votre main sur la nuque
De cette jeune et belle Iris,
Le clitoris,
Le clitoris,
Doit fixer les jeux et les ris.

Allons, d'un regard libertin,
Fixer sa croupe enchanteresse,
Pour achever votre destin :
Lestement prenez-lui la fesse,
Sans cela soyez convaincu,
Qu'auprès d'un cul,
Qu'auprès d'un cul,
Tout effort est bien superflu.

BELLES TÊTES
ET
BELLES COUILLES,
OU
TOUS LES BIENS EN ABONDANCE.

POURQUOI sortirais-je si-tôt du sein de l'assemblée nationale, de cet endroit sur lequel l'Europe attache aussi constamment les yeux, qu'autrefois elle les fixait sur l'intérieur des cabinets ministériels. Que ses opérations législatives soient surveillées par les jurisconsultes envieux et méchans ; que les journalistes bas et rampans tournent en ridicule leurs décrets, je m'occupe peu d'aller sur les brisées de ces écrivains voraces et soudoyés par l'esprit de parti contraire. La fouterie et le plaisir, voilà mon journal. Je ne veux pour lecteurs que des fouteurs et non des politiques. Si donc je choisis encore un député de cette illustre assemblée pour modèle de mes crayons libertins, ce n'est que pour offrir un hommage de plus à la mère des Amours, à Priape lui-même, et sacrifier sur l'autel de la lubricité.

Le nom de Stanislas Clermont-Tonnerre, semble peindre un guerrier invincible, aussi belliqueux qu'Alexandre, aussi courageux qu'Achilles, aussi vaillant qu'Annibal. Rien de tout cela : je consens que sous les drapeaux de Mars, cet illustre député populaire réunit toutes les vertus des camps, et qu'aussi-tôt que les enseignes sont déployées, il vole avec ardeur aux combats ; mais il est de même à Cythère, et les voiles qui couvrent les cuisses rebondies d'une créature formée par les Grâces, ne sont pas plutôt au vent, que la pique en main il ne s'apprête à fourrager le con embrâsé de cette divinité voluptueuse, qu'il n'y fasse circuler cette liqueur bouillante qui nous donne l'être ; et qu'enfin, pour trancher le mot et toute espèce d'allégorie, il ne la grimpe avec autant de facilité qu'à la brêche, et qu'il ne la foute aussi courageusement qu'il affronte la fureur des ennemis.

Qu'on ne s'étonne pas de voir un guerrier se délasser des travaux de Bellone dans le con d'une fouteuse charmante ; tels sont les jeux d'un conquérant ; il se retrace dans cette fouterie délicieuse l'image d'une citadelle emportée d'assaut, et le vagin d'une femme est pour un fouteur dispos et expert celle d'une place forte et destinée à l'attaque ; ses cuisses sont les remparts, le poil de sa motte représente les glacis, son cul divin, figure la demi-lune, et le dernier retranchement dont on doit se dessaisir ; ses fesses sont les bastions, et le con de cette beauté est la brêche. L'arme en main, vit en l'air, l'attaque commence : les couilles de l'assaillant sont les bombes enflammées, qui doivent lancer le feu de la paillardise. Les coups de cul de la lubrique femelle annoncent sa courageuse résistance ; mais de même qu'on voit sur les crénaux le défenseur expirant, de même la femme foutue se pâme de plaisir, et dit en déchargeant : Je suis vaincue, et je me soumets à la discrétion du vainqueur. Si la donzelle est mariée, c'est alors que l'image de la guerre est encore plus réelle : le front du cocu se fertilise, et l'on voit aussi-tôt un ouvrage à corne ; ce point manquoit à ma description.

Tous les généraux Français ont fait de

même en campagne. Le fameux maréchal de Saxe n'avait-il pas un essaim de courtisannes pour ses menus plaisirs, qu'il logeait à l'arrière-garde ? Ne prenait-il pas le cul des femmes de troupes ? Ne se faisait-il pas branler son vit monstrueux par des vivandières ; et le vicomte de Turenne, en capitulant avec les gouverneurs des places ennemies, ne mettait-il pas le plus souvent le con de madame la gouvernante au nombre des articles secrets de la capitulation. Pourquoi donc s'étonnerait-on de voir Stanislas de Clermont-Tonnerre, foutant à droite et à gauche, et s'occuper des plaisirs de la couille dans les momens de relâche que lui laissent la guerre et les affaires.

Avant de passer outre et de tracer ici les passe-tems de ce fouteur aimable, si peu épargné par les peuples qui, je ne sais trop pourquoi, ont rabattu de la bonne opinion qu'ils avaient conçue pour le comte de Clermont-Tonnerre, qu'on me permette une légère digression, courte, mais bonne, et de donner au moins pour ce qu'ils sont, quelques principaux traits du premier article de la Genèse ; c'est la bible que je vais mettre en jeu, afin de trouver grace pour mon libertinage aux yeux des dévots rigoristes.

Avant que le maudit serpent se fût glissé dans le paradis terrestre, et qu'il eût répandu sur le sein innocent de madame Eve le foutre spermatique qu'il lui darda pour l'induire à l'impudicité, le premier homme et la première femme étaient encore dans l'heureux âge de l'innocence. M. Adam avait un vit, de superbes couilles; mais il ignoroit l'usage qu'il pouvait en faire. Madame sa femme avait un con; mais elle ignorait de même quel était l'outil qui devait y pénétrer. Son clitoris n'éprouvait aucune sensation : ce ne fut que lorsque l'esprit tentateur l'eut chatouillé de sa queue fretillante, qu'un mouvement inconnu, un feu dévorant lui fit connaître la nature du plaisir. Ce ne fut donc pas, comme nous l'ont conté nos vieux grands pères, de même qu'à notre tour nous le conterons à nos enfans, par le fruit d'un pommier que Dieu n'avait sans doute pas planté pour rien au milieu du jardin d'Eden, que nous avons la connaissance du bien et du mal; connaissance utile et chère, quoi qu'en disent les théologiens ; car restant dans l'ignorance, il n'y a pas plus de mérite à pratiquer l'un que de vertu à éviter l'autre.

Le diable donc, disent nos saints radoteurs, tint à notre première mère ce langage passionné qu'elle était bien en train d'écouter, graces au jeu branlant de sa queue. Femme crédule, à quoi vous amusez-vous dans ce paradis où rien ne paraît vous manquer, mais d'où le principal est banni : connaissez le véritable motif de votre création ; c'est pour foutre que Dieu, mon rival, vous a mis au monde ; et faute de savoir comment vous y prendre, vous vous sevrez de ce plaisir, et vous languissez sans culture. J'ai pitié de votre ignorance, et veux vous rendre égal au Créateur. Vingt fois vous avez examiné le peu de conformité qui existe entre votre structure et celle de votre époux ; c'est précisément cette différence de conformité qu'il faut réunir pour goûter ensemble les charmes de la jouissance dont je viens de vous donner une imparfaite idée. Ce cinquième membre qui pend au ventre de votre mari, s'il était pressé par vos doigts délicats, acquérerait de la grosseur et de la fermeté ; c'est cet instrument qui doit emplir la concavité que vous possédez, et dans laquelle je viens de glisser le bout de ma queue. Ce membre s'appelle un vit ; les accompagnemens dont il est orné, ce sont des couilles, et la concavité dans laquelle doit s'exercer le bonhomme Adam, se nomme un con. Voilà le fruit dont Dieu, jaloux de sa puissance, vous a défendu l'usage ; mais bravez ses menaces, devenez ses égaux en foutant, et qu'une nombreuse lignée devienne le fruit de vos embrassemens. En achevant ces mots, Satan disparut.

Adam, en ce moment, revenait trouver sa compagne. Eve mit en action les leçons du tentateur. Les mots bizarres de vit, con et couilles avaient frappé ses oreilles et son imagination : sur-le-champ elle sauta à l'arbre de vie de son époux, et le fit dresser de la belle manière. Ce mouvement parut nouveau à Adam, qui se mit à badiner avec la motte velue de sa femme. La nature en secret guida le reste de cette merveilleuse opération. Le premier homme foutit la première femme : Dieu outragé, dit on, les chassa du domaine qu'il leur avait donné : ils mirent des enfans au monde qui en foutirent d'autres ; et de fouteries en fouteries, un peuple innombrable habite la surface de la terre, et nous serions probablement tous foutus, si le beau con de Marie n'eut été foutraillé par l'esprit saint, qui nous délivra des griffes du diable, en fabriquant à la femme du charpentier Joseph, comme je l'ai déjà dit quelque part, un *populo*, qui mourut sur la croix. Convenons-en, c'est une belle chose que les mystères dont fourmille la bibliothèque bleue sacrée. Il faut cependant croire que notre rédemption n'est pas aussi efficace que se l'était promise le bâtard adultérin, qui par humilité naquit à Béthléem entre un bœuf et un âne ; car on n'a pas laissé que de foutre depuis ce tems, et probablement on foutera encore jusqu'à la fin des siècles. *Amen*. Je reviens au ci-devant comte de Clermont-Tonnerre.

Sophie était encore pucelle ; c'est un friand morceau pour un fouteur habitué à pénétrer d'emblée dans un con qui a déjà souffert maintes attaques ; aussi Clermont-Tonnerre parvint-il à la séduire dans un des jours les plus brûlans de l'été, dans cette circonstance où la canicule nous embrâse de tous ses feux. Stanislas et Sophie nuds, oh ! parfaitement nuds, dissertaient sur les plaisirs qu'ils venaient de goûter. Il pressait dans ses mains libertines les tettons de sa novice, qui par représailles tenait ses couilles entre ses doigts délicats, échauffés l'un et l'autre par ce charmant badinage. Clermont-Tonnerre sentait redresser son engin dépuceleur : animé par cette érection, regarde, disait-il à sa déesse, regarde mon arbre de vie ; en quel état il se trouve ; que nous devons avoir d'obligation à nos premiers aïeux, de nous avoir procuré la jouissance de pareils instrumens. A quoi répondit Sophie : serait-il possible, mon cher comte, que nous fussions damnés pour avoir suivi leur exemple. Non, je ne puis le croire ; dussent tous les feux de l'enfer engloutir et dévorer ton amante ; fouts - moi, de grace ; je suis consumée par le desir ; et si le sexe féminin fit don d'une pomme à l'humanité, souffre que je me saisisse des deux que je vois. Qu'arrive-t-il de cette exorde, que Clermont-Tonnerre abandonna ses couilles à la lubricité

lubricité de sa jeune élève ; que Sophie fut refoutue , et que ce tendre commerce fait la félicité de tous les deux. C'en est donc fait, je ne croirai plus à ces fables ridicules, puisque dans l'arbre de la science, dans la pomme d'Adam , je trouve la source du bonheur.

LES JAMBES EN L'AIR.

OU

Manière plaisante dont la Sainte-H.... fit un Enfant.

DANS les vers énigmatiques et voluptueux qui sont déposés au bas de ma lascive peinture, on distingue les noms de Damon et de Lise. Eh! pourquoi ces noms qui peuvent convenir à tout le monde, va s'écrier le curieux lecteur, eh! patience ne vous courroucez pas, un peu d'intrigue intéresse, engage l'attention; mais je ne prétends pas la faire durer. Pour la faire cesser, je vous dirai donc à l'oreille que Damon est le gentil et célébre F...... de N.... C......, lieutenant au présidial de Mirecourt en Lorraine, et que Lise est la Sainte-H. . . . ., *virtuose* de l'académie royale de musique. Cette connaissance que je vous fais faire rendra sûrement la lecture de mon historiette plus piquante; c'est bien là mon intention.

L'Almanach des Muses, les Étrennes du Parnasse et l'éternel Mercure de France, respectent à chaque feuillet le nom de F...... de N.... C......; le barreau retentit autrefois de son éloquence mâle et persuasive. Maintenant la tribune aux harangues de l'assemblée cite son énergie, son patriotisme et sa fermeté; c'est le dieu du génie et l'apôtre des grâces. Mais qu'en disent les femmes, que c'est un fouteur de bon aloi, qui fait naître la volupté par dégrés, et mainte femelle au gentil corsage, qui lui livra ses appas à discrétion, en eut pour ses neuf mois. Car quoique certain auteur ait dit :

Messieurs les gens d'esprit, d'ailleurs très-estimables;
Ont fort peu de talent pour former leurs semblables.

F...... de N.... C...... est un fouteur préconisé à qui, sans scandale, je puis renvoyer les femmes ardentes et passionnées, qui craignent la stérilité; très-certainement, je puis m'en porter caution, quelques coups de vit de ce formidable athelète féconderont beaucoup mieux les entrailles de femme de complexion amoureuse, que toutes les quinzaines qu'elle pourrait faire à Sainte Genevieve, voir même à Notre-Dame-de-Bon-Secours, pour en obtenir de la progéniture.

C'cst par cette raison, que la célèbrc Arnoux, cette branleuse renommée de l'Opera, propre au poil comme à la plume, refusa formellement l'entrée de son vagin à F...... de N.... C......, tant elle avait en horreur le vit d'un homme qui faisait des enfans; à ce sujet, elle lui disait un jour : mon cher F......, je t'aime avec yvresse, je brûle de foutre avec toi; mais ta méthode de faire allonger la ceinture de toutes les femmes que tu enconne, me déplaît souverainement. Si j'étais sûre qu'en folâtrant avec mon con, tu ne dardes pas dans mon sein ce germe de vie que je crains plus que la mort, je ne ferais pas difficulté de te livrer mon ouverture; mais je m'aime trop pour m'y exposer. Branle-moi, si tu le veux; j'y consens. Bougrifions ensemble, s'il le faut; mais point d'enconnage. Que faire, en pareil cas? se résigner; c'est aussi ce que fit F...... Il branla, il sodomisa et ne fit pas d'enfans; c'est ce qu'au moins rapporte la chronique des exploits libertins de cette insigne calambourdière.

Avant d'insinuer sa pine expérimentale dans le con, si souvent fêté de la Sainte-H......., F...... de N.... C...... avait foutu la dame de Mirebec, la femme de son ami, de son protecteur, et, comme lui, avocat au conseil. Ah! fi, va-t-on dire, foutre la femme de son protecteur; voilà de l'ingratitude toute pure. Eh! non, Messieurs les déclameurs, non, ce n'en est pas. F...... avait des obligations à la femme comme au mari. Le sieur de Mirebec soupirait depuis long-tems après un héritier, sa chère moitié enrageait de n'en pouvoir fabriquer un; pour être instruite de quel côté venait ce de défaut de propagation, elle s'adressa au vigoureux F... de N.... C...... Celui-ci mit en œuvre son braquemard officieux, la femme fut foutue et devint grosse. Le mari fut cocu; mais il eut un fils. Verra-t-on là de l'ingratitude.

Après s'être bien exercé dans le lit conjugal, F..... de N.... C..... se mit à courir les coquines pendant le courant de la journée, sa verve féconde lui fournissait des vers, et pendant la soirée il employait sa verge masculine à foutre et à faire des enfans. C'est au milieu de ces galantes occupations, qu'il fit la connaissance de Sainte - H......, la plus luxurieuse des prostituées de l'académie royale de musique.

Abordait-il quelqu'une de ces nymphes émérillonnées, dont la jouissance est le but de tous les desirs, il lui présentait un madrigal et son vit; l'un ne se refuse pas plus que l'autre; l'amour-propre engage à accepter le premier, et le besoin de foutre détermine en faveur du second; ce fut avec de pareilles armes que le voluptueux F...... attaqua avec succès la Sainte - H......; Je vais décrire cette action lubrique, et raconter ingénuement à ceux auxquels je livre mes productions, comme le tout s'ensuivit.

Sainte - H...... voulait, ainsi que la sensuelle de Mirebec, avoir un nourrisson du Parnasse; mais la fouterie bourgeoise lui paraissait trop insipide, et se mettre bêtement dans les bras l'un de l'autre lui semblait du dernier ridicule.

Assise sur les genoux de N.... C...., qui s'était mis en action, et retroussant sa chemise jusqu'à la ceinture, elle disait à ce petit descendant d'Hercule, là; bien, mon bon ami; fouts-moi, je te prie, de cette manière. Je remuerai la charnière avec plus de volupté et tout ira à merveille de cette façon. F....., le fouteur F....., concevait bien qu'ainsi posée, pouvait gagner du r - rein; mais il savait bien aussi que cela le rendait moins libre, et une fouterie de ce genre ne lui paraissait tolérable que dans une voiture où l'on ne saurait avoir toutes ses aises. Mais F..... était galant, et ne savait rien refuser à une aimable fouteuse qui a des caprices étranges, et qui veut les satisfaire; femme qui fout à sa guise, ne fout qu'avec plus d'agrémens; il enconna donc Saint-H.... de cette joyeuse façon, en se réservant de lui jouer un tour de son métier, après la description duquel je ne ferai pas attendre.

Comme ils étaient au fort de l'action, d'une main leste et vigoureuse, il poussa sa déesse qui tomba sur les coudes, et qui, par cette posture, exhiba à son fouteur le plus charmant des fessiers; qu'on ne s'imagine pas que le cavalier désempara du poste, son vit adroit ne lâche pas prise. Loin de se plaindre, la Sainte-Huberti en remua le croupion avec plus d'ardeur; fouts, mon cher cœur, fouts, mon bel ange, je décharge...., je me meurs, telles étaient les expressions de l'ardente cantatrice. F...... faisait chorus, et acte délicieux consommé, il protesta à sa divine fouteuse que ses intentions étaient remplies, tout ainsi que ses entrailles. Tant mieux, s'écria-t-elle, j'ai le vuide en horreur ; *fructus est ven.ri*, continua-t-elle, j'aurai donc un enfant, et cet enfant, je l'aurai conçu les jambes en l'air. Oh ! la plaisante manière.

Neuf mois après, les deux amans furent convaincus de la réalité du fait, et j'en aurai sûrement dit assez pour convaincre mes lecteurs que tout chemin mène à Rome, et que toutes les fouteries peuvent avoir leur effet.

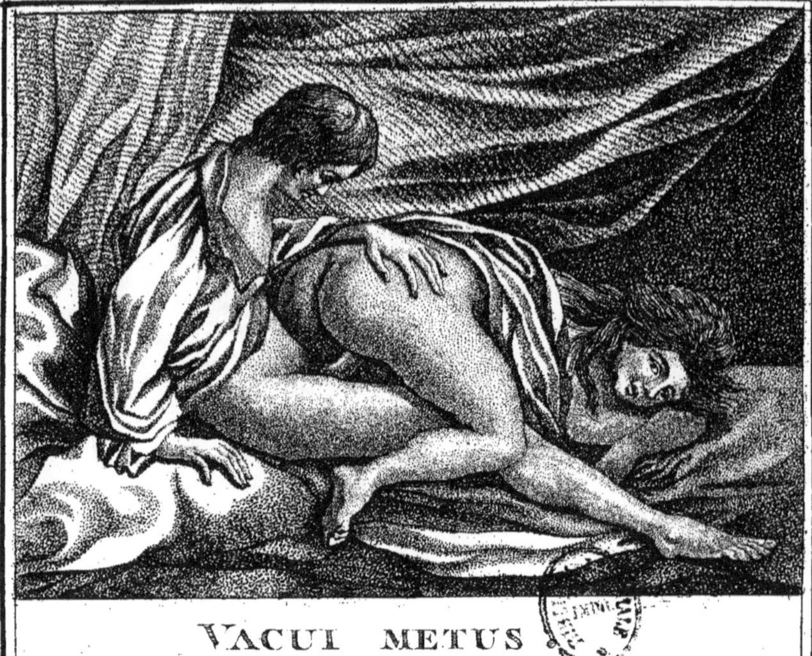

VACUI METUS.

Jambes en l'air ne sauroient nous servir :
Mais Lise en ce moment n'a besoin de courir ;
Et l'on peut bien arriver à Cythere,
Sans mettre pied à terre.
Pourquoi Damon a-t-il les cheveux hérissés ?
Ses yeux qu'on ne voit pas sont-ils donc courroucés ?
Méthodiques Baiseurs vous ne vous doutez guère
Que quelques fois l'Amour armé
De son cylindrique tonnerre,
Est plus fougueux plus animé
Que le Dieu même de la guerre.
Mais pendant que je vous réponds,
Lise se pâme, et ses yeux moribonds
Du danger qu'elle court annoncent la présence.
Prends garde Lise ; helas ! tes flancs sont bien feconds ;
Et Damon veut entiere jouissance .....
Qu'il m'emplisse : nature a le vide en horreur :
Et le vide toujours me causa même peur.

VACUI METUS.

CANTIQUE GAILLARD.

Air : *O Filii et Filiae*.

Une femme pleine d'attraits,
Sur son lit en prenant le frais
Montrait son con, et cœtera.
Alleluia.

Bien retroussée de bout en bout,
De plaisir prenant l'avant goût,
Lindor la vit et sécria.
Alleluia.

Quel joli conin de corail,
Ça mettons-nous vîte en travail,
Et posons lni ce Mousieur là.
Alleluia.

Sur son sein un globe incarnat,
De la rose imite l'éclat,
Oh! quels jolis boutons voilà.
Allelnia.

De plaisir son vit bondissoit,
La belle d'aise trémoussoit,
Tant qu'à la fin elle déchargea.
Alleluia.

Mon cher Lindor que tu fout bien,
Quel doux, quel agréable lien,
Tiens posons-nous comme cela.
Alleluia.

Se retournant d'autre côté,
D'un cul voyant la volupté,
Il dit le Paradis est là.
Alleluia.

Satisfaisons notre besoin,
Et zeste enfilons le voisin,
Combien je gagne par ce trou là.
Alleluia.

Que je chéris cette leçon,
Que dans le plaisir tout est con,
J'en dis, se fâche qui voudra.
Alleluia.

Je méprise un censeur nigaud,
Qui près d'un cul fait le dévot,
Fout bonnement, et s'en tient là.
Alleluia.

Auprès d'un objet fait autour,
Point ne doit s'endormir l'amour,
Il doit répéter ce jeu là.
Alleluia.

Que ces couplets de vos plaisirs,
Amans réchauffent les desirs,
On n'est pas heureux sans cela.
Alleluia.

AUX MANES

DU DÉFUNT MARÉCHAL DE DURAS,

Ci-devant protecteur tripotier de tous les Théâtres.

DE tous les animaux immondes qui rampent ou qui cheminent à deux pieds sur la surface de la terre, le plus vil, le plus méprisable, est, à mon avis, l'histrion. Dans l'immense quantité de ceux qui infectent maintenant la capitale, les Saltinbanques nationaux, ou soi-disant tels, occupaient autrefois le premier rang; fiers d'être entretenus par Sa Majesté; les gros bonnets de cette classe abjecte, gonflés d'orgueil et d'impertinence, à l'aide d'un despote inepte et débauché, prescrivaient les loix les plus dures aux gens de lettres et à leurs dignes confrères. Maintenant honnis et baffoués, depuis le *Brutus* du théâtre de la nation, jusqu'au *Paillasse* de la foire; et depuis l'insolent la R . . . , jusqu'au Polichinelle des carrefours, tous les droits sont égaux ; cette engeance vicieuse se pullule à l'infini, et chaque coin de rue voit éclore l'établissement de nouveaux trétaux.

Que diriez-vous à cela, mânes exécrées, crapuleux maréchal, si le mauvais génie qui anima vos actions sur la terre, vous y renvoyait pour être le témoin de l'opprobre et de l'avilissement de vos protégés ? Sans doute vous frémiriez d'indignation ; mais pourriez-vous disconvenir que ce ne soit pour eux un sort bien mérité ? En effet, comment l'assemblage de ces histrions de la nation est-il composé ? des joueurs, des excrocs, des maqueraux, des prostituées, des bégueules, des sots et des fripons, tous aussi dangereux les uns que les autres.

Tant qu'ils vous vendirent bassement leurs respects et leurs adulations, vos lâches partisans ne craignirent point que la vérité s'armât contre eux, et tandis que leurs confrères des boulevards et autres endroits de la capitale, se voyait refondre au creuset de la satyre, la malignité redoutant votre cruelle inquisition, et les ordres du Roi que vous lanciez à tort et à travers, garda le silence sur leur brigandage, la dissolution, la dépravation de leurs mœurs et leurs lubricités. On voyait, sans oser s'en plaindre, la déréglée V...... affronter les sifflets du parterre avec l'aide de votre protection; et cette protection, comment l'avait-elle acquise? En ranimant en vous, par l'effet d'un poignet vigoureux, des forces épuisées par mille excès différens.

Le fat M... produisait, sans rougir, l'impudente D......... sur la scène du premier théâtre de la capitale, et paraissait dire au public, applaudissez ma catin, Messieurs, je crois que je mérite bien cette complaisance de votre part.

La lascive R......., l'inpudique C....., l'appareilleuse la C......, l'ex-larron D......, la coquine S......, le tartuffe V...... et l'ordurier farceur D......; enfin, toute cette clique infernale et justement vilipendée, se faisait gloire de marcher sur vos traces, avec d'autant plus d'effronterie, que vous daigniez les assurer de l'impunité.

C'est d'après cette certitude que la lampe théâtrale éclaira plus d'une fois l'inceste, l'adultère, et d'autres forfaits de cette nature, qui ont rendu ces chenilles aussi recommandables que leurs talens, qu'ils prétendaient inimitables et qui maintenant sont surpassés.

Le voile est déchiré, la liberté du pouvoir de rendre à chacun le tribut d'éloges qui lui appartient, ou le tribut d'infamie qu'il n'a que trop mérité, règne dans toute sa force. Or, comme les comédiens français ne sont pas plus respectables que les baladins du rempart, pourquoi ne les livrerait-on pas de même à la dérision et au mépris ?

C'est à vous, mânes du plus extravant des académiciens français, que sont dédiées ces confidences ; elle vous sont dues à tout égard, et vous aurez plus d'une fois occasion de vous y reconnaître.

Ce tableau, aussi guai qu'instructif, des particularités des vies privées, des héros et héroïnes de l'hôtel de Condé, assurera l'opinion qu'on doit concevoir d'eux ; les remettra peut-être sous la discipline des bonnes mœurs; que de motifs pour m'acquérir des droits sacrés à leur reconnaissance.

Confidence entre le sieur de la R . . . . , le sieur M . . . et la dame V . . . . .

La dame V . . . . . . Eh bien ! mes chers camarades, où en sommes-nous ? que faire maintenant ? comment ramener autour de nous le public qui s'en éloigne ? J'entrevois l'infortune, et je suis, malgré moi, obligée de convenir que tout le tort est de notre côté. La mort de mon cher protecteur a commencé notre ruine, et la révolution française opére notre décadence.

La R . . . . Toujours avec tes jérémiades, ma chère compagne ; votre société ne m'a-t-elle pas avec elle ? Brutus et les pièces patriotiques nous remettront sur pied ; d'ailleurs, nos femmes n'ont qu'à redoubler de complaisances pour le public. Eh ! morbleu ça ira.

M . . . . Tu te moques, mon très-cher, trouves donc, au moins dans notre bercail, une femme assez jeune et jolie pour mériter qu'on recherche ses complaisances. A commencer par madame ; je vais parler franchement, sa gorge fanée, flétrie, peut-elle exciter le moindre desir; à la scène, les soupirs qu'elle tire de sa poitrine, sont plus effrayans que tendres et persuasifs, ses bras desséchés nous rappellent les membres des momies d'Egypte; quant aux appas cachés, je me tairai; la discrétion, ma vertu favorite, m'impose silence sur cet objet; mais au moins, je dirai que le défunt Duras, notre illustre tripotier, pouvait seul s'en amuser.

La dame V....... Badin, avec tout autre je pourrais me fâcher de cette apologie; mais avec toi, je me borne à reprendre ma revanche. Quoi, vieux et suranné, plus ridicule que jamais, tu prends encore le ton de la plaisanterie, comme si tes défauts n'étaient pas de ma connaissance, et soumis à mon inspection : pour éviter de pareils reproches, profitons de ce moment, pour nous connaître à fond; qu'un exposé bien sincere de nos principales aventures, nous mette à même de nous bien apprécier : y consentez-vous? Non.

FIN.

www.ingramcontent.com/pod-product-compliance
Lightning Source LLC
LaVergne TN
LVHW012011220826
846092LV00001B/311

* 9 7 8 2 3 2 9 7 7 3 6 0 5 *